Franz Kafka

Strafen

Das Urteil
Die Verwandlung
In der Strafkolonie

卡夫卡自選集

懲罰

判決・變形記・在流刑地

法蘭茲・卡夫卡 著
彤雅立 譯

關於本選集《懲罰》

普林斯頓大學德語暨比較文學榮譽教授、卡夫卡研究專家
史丹利・康戈爾德（Stanley Corngold）

將法蘭茲・卡夫卡最具影響力的幾篇故事加以翻譯，並以《懲罰》（*Strafen*）為題，是為了紀念他。他曾經試著將這些故事集結出版，但卻失敗了。它們分別是——〈判決〉、〈變形記〉（近來也被譯為〈蛻變〉）及〈在流刑地〉。何以卡夫卡要將這幾部作品置於一個共同的標題之下，這點是容易理解的。每個中心都涉及了一種轉折，過程中發生了權力的置換——打從一開始就被賦予權力的人受到了懲罰，而後權力轉向了他的對手，也就是他權力原初的對象。卡夫卡每個故事的轉折都與德國古典傳統故事中的反轉元素若合符節。

這些具有權力的人物，個個皆有自己鮮明的特質；隨著權力的轉折與重新配置，其特質被最初的對手擊敗並取代。在〈判決〉中，那位看似自信的兒子，他深深投入於生活，被稱爲惡魔並且被他的父親消滅了。在〈變形記〉中，古瑞格·參薩在過去承擔了供養家庭的角色，卻因令人羞恥的蛻變而被懲罰，最終將自身的合法角色——一家之主——讓位給他的父親去承擔。在〈在流刑地〉中，旅行者拒絕支持軍官的殘酷計畫，導致軍官承擔了卑賤的罪犯角色，乃至於因爲目無法紀而慘死。

值得注意的是，在每個故事當中，這樣的轉折都發生在憑虛構象的「現實世界」——實證的細節建構了背景的「俗世性」，然後再引進幻想元素，從而促成了轉折。這樣的模式再度與德國中篇小說的古典傳統一致。

二〇二四年七月三日

目錄

殘稿

卡夫卡書信節選

《給菲莉絲的信》節選

卡夫卡日記節錄

遺囑

Testamente

關於法蘭茲・卡夫卡兩份遺囑的撰寫，第一份推測寫於一九二一年秋冬之際，第二份寫於一九二二年十一月二十九日。卡夫卡死後，其摯友馬克斯・布羅德（Max Brod）在卡夫卡的紙堆文件中尋得。馬克斯・布羅德並未遵照遺囑，焚燬卡夫卡的所有書稿，卻在其死後全數出版，並為其作傳。本遺囑在一九二四年七月十四日首先發表於德國重要文藝與政論週刊《世界舞台》（*Die Weltbühne*），後收錄於一九八九年由德國費舍爾出版社（S. Fischer Verlag）所出版的卡夫卡與布羅德書信集《一段友誼，往復書簡》（*Eine Freundschaft. Briefwechsel.*）。此為卡夫卡逝世之後首度被公開出版的文字。

最親愛的馬克斯，

我最後的請求——我的遺物當中的一切（也就是在書櫃、衣櫃、書桌上，無論是在家中、辦公室，或者你所知道的其他可能去處）日記、手稿、他人與我的信件、所畫的素描等等，必要徹底且未經閱讀地焚燬，包括你或其他人擁有的一切我所寫與所畫的，你應當以我的名義請求他們。若人們不願將信件移交給你，那麼他至少應有義務自行焚燬。

你的

法蘭茲・卡夫卡

親愛的馬克斯，

也許我這次再也無法起身了，一個月的肺部灼燒，之後肺炎的到來也許已足夠，我從來無法透過寫下來以擊退它，儘管那有某種一定的力量。

若有萬一，關於我所書寫的一切，我最後的願望如下——

我所書寫的一切當中，僅有以下書籍適用[1]——《判決》、《司爐》、《變形記》、《在流刑地》、《鄉村醫生》與短篇小說《飢餓藝術家》。（《沉思》的一些印本可以留下，我不想讓人費力搗毀，但也不可新印再版）。若我說，這五本書籍與這則短篇小說適用，我的意思並非，我希望它們新印再版，在將來的時代被流傳；相反地，它們應當全然佚失，這才符合我的本來願望。由於它們已存在過，我不會阻止任何人去得到它們，若他有興趣的話。

反之，對於其他一切我所書寫的（在雜誌上刊印的，以及手稿或信件），只要能找得到，必須無例外地透過請求，向收件者取得（多數的收件者你是知道的，主要是菲莉絲・M小姐[2]，茱莉・沃麗采克小姐[3]與米蓮娜・波拉克小

1 這裡的「適用」在德語爲gelten，常用於法律習慣，意指「適用」、「有效」。在此爲卡夫卡對自身作品核可之表達。

2 此指卡夫卡自一九一二至一九一七年的情人菲莉絲・包爾（Felice Bauer，一八八七—一九六〇年），爲德國猶太人，兩人曾二度訂婚，又二度解除婚約。菲莉絲後於一九一九年嫁給銀行代理人莫里茲・馬拉瑟（Moritz Marasse，一八七三—一九五〇年），故改從夫姓。菲莉絲與夫婿育有一子一女，一九三一年舉家遷往瑞士，第三帝國成立後，菲莉絲一家於一九三六年由瑞士再移往美國。菲莉絲晚年因病與經濟危難而將與卡夫卡的書信往來售予德國猶太出版家薩爾曼・蕭肯（Salman Schocken，一八七七—一九五九年），《給菲莉絲的情書》（*Breife an Felice*）因而於一九六七年問世。

3 此指卡夫卡於一九一八年於捷克北部什雷森療養時所結識的第二任未婚妻，茱莉・沃麗采克（Julie Wohryzek，一八九一—一九四四年），爲捷克猶太人。兩人於一九一九年夏天訂婚，原訂同年十一月結婚，但遭卡夫卡父母強烈反對。之後，卡夫卡再赴什雷森療養，撰寫〈給父親的信〉（Brief an den Vater）。一九二〇年七月，兩人解除婚約，關係至此結束。一九二一年，沃麗采克嫁給一名銀行代理人並定居布拉格。一九三九年三月起，捷克被二戰之德軍占領，沃麗采克在德國占領區的勢力下被送往波蘭奧斯維辛集中營，後於二戰結束前的一九四四年八月二十六日遭謀殺。

姐[4]，特別勿忘幾冊波拉克小姐擁有的手記）——所有這些最好是無例外地未被閱讀（但我不阻止你閱讀它們，當然若你不這麼作，這樣對我最好，無論如何不許有其他人讀）——所有這些要無例外地焚燬，我請求你盡可能快地去做。

法蘭茲

4 此指米蓮娜．葉森思卡（Milena Jesenská，一八九六—一九四四年），爲捷克女記者、作家與翻譯家，一九一九年將卡夫卡的作品〈司爐〉譯爲捷克文，兩人往後通信兩年並陷入愛河；但其時葉森思卡已婚，丈夫爲奧地利猶太人、文學批評家恩斯特．波拉克（Ernst Pollak），亦爲卡夫卡青年時代友人。這段戀情由於葉森思卡不願離開丈夫而結束。二戰期間，德軍占領捷克，葉森思卡參與抵抗運動並協助猶太人逃難，一九三九年，她遭納粹蓋世太保逮捕，先後被監禁於布拉格與德國德勒斯登；一九四〇年十月，葉森思卡被送往德國柏林北部的拉文斯布魯克集中營進行勞動與思想改造，一九四四年五月十七日，因腎病手術逝世於集中營。

懲罰

Strafen

判決

Das Urteil

致F.[1]

1 此指卡夫卡的情人菲莉絲・包爾。〈判決〉創作於一九一二年九月二十二日至二十三日的夜晚，一九一三年首度收錄於馬克斯・布羅德所主編之年度文選《樂土》（*Arkadia. Ein Jahrbuch für Dichtkunst*），當時的提獻詞爲「給菲莉絲・B. 的一則故事」（Eine Geschichte für Felice B.）。一九一六年，這部作品首度單獨成書出版，提獻詞則改爲「致 F.」（Für F.）。

那是最美的春日的一個週日上午。一名年輕商人，葛奧格·本德曼，正坐在他位處二樓的房間裡。他的房子屬於沿河而建的一排低矮、輕質結構的屋舍，屋舍如是綿延，只在高度與色彩上有所區別。他剛寫完一封信給住在國外的青年時代友人，輕鬆緩慢地將它封起來，然後將手肘撐在書桌上，看著窗外的河流、橋梁，以及河水另一岸淺青色的小丘。

他思索著這位朋友是如何不滿自己在家鄉的前程，幾年前當眞逃往俄國了。如今他在彼得堡經營一家商行，起初生意非常興隆，但現在已經陷入停頓好一陣，朋友愈來愈少回來，每逢回來便要如此抱怨一番。他身處異鄉，疲憊不堪且徒勞地工作，異國樣式的落腮鬍並不大能遮住那張葛奧格自孩提時代就已經非常熟悉的臉孔。他的面色發黃，像是有什麼病正在發展。據他說，他與僑居當地的本國人幾乎沒有什麼聯繫，與在地的家庭也幾乎沒有社交往來，他準備好要獨身一輩子了。

對於這樣一個陷入迷途的人，我們該寫怎樣的信呢？我們爲他惋惜，卻什麼忙也幫不上。也許該在信裡勸他回家，遷回來定居，與所有的老朋友們恢復聯絡——這不會有障礙的——比如要信賴朋友的幫助？信中的語氣愈是謹愼愛護，就愈是傷人。這樣無異於同時告訴他——他迄今所做的努力全都失敗了，最後還是得放棄一切；他得回來，同時身爲一位從此回來定居的人，讓衆人睜大眼睛看著；他的朋友們才明白事理，而他只是個應該要向這些留在國內、事業有成的朋友們看齊的大孩子。一旦這麼寫，將一切苦惱加諸在他身上，難道還會有什麼樣的意義？也許要讓他回國，更是永遠也辦不到——他自己也說過，對於家鄉的狀況，他已經無法理解了——於是他就這樣繼續留在陌生的異鄉，因著這些勸言感到憂忿，然後與朋友又更加疏遠陌生了。如果他眞的聽從建議回國，卻感到抑鬱——並非刻意，而是事實如此——無論是否在朋友圈中，都感到不自在，終日羞赧慚愧，那麼就眞的旣無家鄉、亦無朋友了；如此一來，讓他留在原來居住的異國，不是對他更好嗎？難道衡量過這些情況之後，他在這裡眞的會有美好前程嗎？

基於這些原因，若是還想維持書信往來，就不能向他表達本來的想法，像告訴最疏遠的人那般無所顧忌。這位友人已逾三年未曾返國，他在信中敷衍搪塞，說俄國的政治處境不穩，完全不容一個小商人稍稍離開；這時候卻有成千上萬的俄國人安閒地在世界各地旅行。在這三年間，葛奧格卻經歷了許多變化。約莫兩年前，葛奧格的母親過世，此後他便與年邁的父親同住；這位友人大概獲悉此事，便來信表示哀悼，卻言不由衷。他會這樣做的原因可能是，身在異國，對這種事的悲痛已經完全無法想像。從那時起，葛奧格便對自己的事業投注更大的決心與精神，就像對其他的事情一樣。也許是母親在世時，他父親對商行的一切事務專斷獨行，使他沒有機會發展自身的能力；也許是父親在母親死後，雖然還繼續經營生意，行事卻漸趨保守；也許是因爲幸福的意外降臨，帶來了更深遠的影響——這甚至是非常可能的——，無論如何，生意在這兩年來有了意想不到的發展。員工數變成兩倍，營業額增加到五倍，將來事業的進展完全不容懷疑。

那位友人卻對這樣的變化一無所知。從前，最後一次也許是在那封弔唁信中，他試圖說服葛奧格移居俄國，說葛奧格如果在彼得堡開設分店，前景有多好。他所列的數字相較於葛奧格現在的事業規模，實在微不足道。葛奧格之前沒想寫信給這位朋友，將自己事業的成功描述一遍；如今補述的話，應該會顯得刺眼吧。

因此葛奧格略過這些，寫給這位朋友的信裡淨是些無意義的事件，好比人們在寂靜週日才會想起的那些記憶中雜亂堆積的瑣事。他這樣無非是希望不去干擾友人，好讓他維持並安於長時間下來對家鄉產生的某些想法。於是就發生了一件事——葛奧格在三封時間相隔甚遠的信中，向朋友提到一個無關緊要的男人與一個同樣無關緊要的女人訂婚的事，葛奧格出於無心，友人卻開始對這件不尋常的事起了興趣。

葛奧格寧可寫給他這一類的事，也不願意坦承自己在一個月前，與一個名喚芙烈達・布蘭登斐的富家女子訂婚了。他時常與未婚妻提及這位友人，以及這種爲對方設想的特殊通信狀況。「那麼他就絕不會來參加我們的婚禮了，」她說，「但是我有權利認識你所有的朋友。」「我不想打擾他，」葛奧格回答，「相信我，他也許會想來，至少我這樣認爲，但是他會覺得不甘願、被打擊，也許他會嫉妒我，覺得不平不滿，又無能爲力消除它，然後又獨自回去。獨自一人——你知道這是什麼意思？」「好，難道他不會透過別的方式知道我們結婚嗎？」「這我就沒辦法阻止了，但是以他的生活方式，這應該不太可能發生。」「葛奧格，如果你有這樣的朋友，那樣你根本就不應該訂婚。」「是，錯在我們倆，但是我現在已經不想改變了。」然後她在他的吻當中急促地呼吸，仍說道：「其實我覺得很受傷。」於是他覺得如果一五一十告訴朋友，對他來說一點也不爲難。「我就是這樣的人，所以他也得接受這樣的我，」他喃喃自語道，「我無法變成另外一種或許比我更適合跟他做朋友的人。」

果眞，他在星期天上午寫給朋友的長信當中，以如下文字知會了這場已發生的訂婚：「最好的消息我留到最後才說。我與一位名叫芙烈達・布蘭登斐的小姐訂婚了，她是一名來自富裕家庭的女子，在你離開後許久才遷居至此，所以你不大可能認識她。以後還會有機會告訴你有關我未婚妻的事，今天在信裡讓你知道我非常幸福，那就夠了；這件事情也多少改變了我與你到目前爲止的關係——你現在所擁有的我這樣一個朋友，已經不是過去那個平凡的朋友，而是一個幸福的朋友了。此外，我的未婚妻也在此向你致意，她日後也會親自寫信問候你；這樣一位眞誠的女性朋友，對一個單身漢而言多少有些意義吧。我知道，你一直都因爲種種原因無法回來探望我們，然而我的婚禮不正是一個排除萬難回來的好時機嗎？不過無論如何，一切還是順其自然，不要顧慮太多，隨你的心意便是。」

葛奧格將信握在手裡，臉朝向窗外，坐在書桌前良久。街上一個認識的人走過，向他打招呼，他幾乎沒有回應，只是出神地微笑著。

終於，他將信件放進口袋，從他的房間離開，穿過狹小的過道，來到父親房裡；他已經有好幾個月不曾進到這裡來了。由於平日工作中就時常與父親打交道，因此也沒有什麼必要到父親的房間。他們也在一家飯館共進午餐，晚上則隨心所欲、各忙各的；但若是葛奧格下班後難得沒有出門會朋友，或者見未婚妻，他們就會一起坐在客廳一會兒，通常翻讀各自的報紙。

在這晴好的上午，葛奧格對父親房間竟如此陰暗而感到驚訝。窄小庭院的高牆，在房間裡投下了陰影。父親坐在窗旁一角，那裡裝飾著許多已逝母親的紀念物。他正在讀報，將報紙一側貼近眼睛，試圖彌補某種視力衰退。桌上有用過的早餐，看來沒吃多少。

「啊，葛奧格！」父親說著，立刻走向他。沉重的睡袍在父親走動時敞開了，下襬圍著身體飄動。葛奧格心想：「我的父親依然是個魁梧的人。」

「這裡眞是暗得要命。」他於是說。

「是啊，確實是很暗。」父親回答。

「你還是關窗了？」

「我比較喜歡這樣。」

「外面非常溫暖。」葛奧格說著，口吻像是接續前一句尚未說完的話，然後坐下。

父親收拾了早餐餐盤，放進一個櫃子。

「我只是想告訴你，」葛奧格繼續說，眼神迷茫地看著老人的動作，「我寫了一封信到彼得堡，說了我訂婚的事。」他從口袋裡微微抽出信件，然後又放回去。

「寄到彼得堡？」父親問。

「是寄給我朋友的信。」葛奧格說著，然後探看父親的眼神。「他在商行完全是另一個樣子，」他心想，「瞧他現在兩腿攤開坐在那裡，雙手交叉在胸前的樣子。」

「哦，寫信給你的朋友。」父親語氣加重地說。

「你知道的，爸，我本來不想讓他知道訂婚的事。是因爲我顧慮到他，而非別的原因。你也知道他是一個難相處的人。我心裡想，他大概會從別的地方得知我訂婚的事——這我無法阻止——即便這會因爲他離群索居而不可能發生，但他絕不該從我這邊知道。」

「所以你現在又改變想法了？」父親問，一邊把大張報紙放在窗檯，眼鏡放在報上，一隻手捂住眼鏡。

「是的，我已經好好想過了一遍。我告訴自己，如果他是我的好朋友，那麼我幸福的訂婚對他來說也是種幸福。所以我不再猶豫，要寫信告訴他。在我把信寄出去之前，我想讓你知道。」

「葛奧格，」父親說著，張著牙齒已然脫落的嘴，「聽著！你因爲這件事情來找我商量，完全是值得讚許的事情。但是，如果你現在不告訴我一切實情，那就不值一提，甚至比此更差勁。我不願意提及與這些無關的事情。自從我們敬愛的母親過世以後，已經發生過一些不愉快。這些事遲早會發生，也許來得比我們料想中早。在商行裡我有些事情沒有注意到，或許它們也不是刻意在我面前隱藏，我也不願意假想它們刻意在我面前隱藏——我已經沒有力氣管這些，記憶力也衰退了。我已經無法顧全這所有的事情。一來這是自然的過程，再者是你母親過世對我的打擊遠甚於對你——但是既然我們正好提及此事，提到這封信，所以我請你，葛奧格，不要欺騙我。這是一件微不足道的小事，所以不要騙我。你在彼得堡真有這樣一個朋友？」

葛奧格難爲情地站起來，「別管我那些朋友了。就算一千個朋友也無法取代我的父親。你知道我相信什麼嗎？你太不珍重自己了，歲月催人老。在生意上，我不能沒有你，這點你非常清楚；但要是生意危害了你的健康，那我明天起就永遠歇業。這樣不行，我們得爲你實行新的生活方式，而且要徹底改變。你現在坐在黑暗裡，可是待在客廳你就會有充足的光線。你早餐只吃一小口，卻不好好增強自己的體力。你坐在緊閉的窗旁，可是呼吸新鮮空氣對你是多好的事情。不行，父親！我會去請醫生來，我們也會遵照醫生的囑咐。我們會幫你換房間，你會換到我前面的那個房間，而我搬進來。不會有什麼改變的，所有的東西都會一起搬過去。但這些還需要時間，現在你得上床躺一會兒，無論如何你需要休息。來，我幫你寬衣，你會看到我可以的。還是你現在要去前面的房間？這樣你可以暫時睡在我床上，對，這麼做才有道理。」

葛奧格緊挨在父親身旁站著，父親滿頭白髮蓬亂，頭低垂到胸前。

「葛奧格。」父親一動也不動，輕聲地說。

葛奧格立即在父親身旁跪下，他看見父親疲憊的臉上，一雙瞳孔從眼角定定地望著他。

「你在彼得堡沒有朋友。你一直都愛開玩笑，就連在我面前也不肯收斂。你怎麼會剛好在那邊有朋友！我一點也不信。」

「父親，你想想看，」葛奧格說，一邊將父親從扶手椅上扶起來，父親孱弱地站在那兒，他為父親解下睡袍，「上次我那位朋友來拜訪我們，已經是三年前的事了。我還記得，你並不特別喜歡他。至少有兩次我避免讓你發現我們是朋友，儘管他那時正好坐在我房裡。我很能理解你對他的反感，我這朋友有他的古怪之處。但你不也與他聊得頗盡興？那時候，我看見你聽他說話，點頭與提問的樣子，還頗覺自豪。你若仔細想，會記起來的。他那時說了一些令人難以置信的俄國革命故事。例如他在基輔出差期間，曾在一場騷亂之中看見有位神父站在陽台上，用刀在手掌心劃下一個大大的血十字；他的手揚起，向群眾呼籲。這個故事，你不也四處傳誦著？」

在葛奧格說這些話的同時，他已經順利讓父親坐下，並且小心翼翼地脫掉套在亞麻衛生褲外面的棉褲與襪子。就在瞥見這些不怎麼乾淨的貼身衣物時，他責怪自己忽視了父親。照看父親更換衣服，那該是他的義務。他同未婚妻也還沒談到要怎麼安排父親的未來，但他們已經暗下心意，要讓父親獨自留在原來的老房子裡。如今他很快地決定，要帶父親到他未來的新居住。如果仔細思量，照顧父親可能爲時太晚。

他以雙臂扛著父親到床上。當他一步步接近床邊時，他感到驚嚇，因爲他發現父親正在把玩他胸前的懷錶鏈。由於父親的手緊握著懷錶鏈，他沒辦法立刻將父親放上床。

等到父親一躺上床，一切就好了。他爲自己蓋被子，再將被子向上拉，蓋過了肩膀。他表情平和地仰望葛奧格。

「沒錯吧，你已經想起他了？」葛奧格問父親，並意帶鼓勵地向他點頭。

「現在我的被子有蓋好嗎？」父親問，彷彿他無法確認雙腳是否蓋上了被子。

「躺在床上讓你感到舒服吧。」葛奧格說著，一面再爲他拉攏棉被。

「我的被子有蓋好嗎？」父親再問一回，表情顯得急於知道答案。

「放心，被子都蓋好了。」

「不！」父親喊道，打斷他的答話，然後使勁將棉被推開，棉被一下子飛揚起來，而他挺立在床上。他輕鬆地以單手撐著天花板，說：「我知道你就是想把我蓋上，好小子，但我可還沒有到完全被蓋上的地步。就算是我僅剩的力氣，用來對付你綽綽有餘！我認得你那個朋友，還想把他當兒子看。所以你騙他騙了這麼多年，何苦呢？你以爲我沒有爲他哭過嗎？所以你把自己關在辦公室裡——長官忙碌中，無人能打擾——如此你才能寫這封虛假的信，寄到俄國去。但是幸好，父親不需要別人教導，就可以看透自己的兒子。你現在以爲你完全打敗他了，使你可以一屁股坐在他身上，讓他動彈不得，因爲我的兒子大人決定要結婚了！」

葛奧格抬頭望著父親駭人的模樣。那位父親突然認識的彼得堡友人的身影，前所未有地侵襲著他的腦海。他看見他迷失在遙遠的俄國。他看見他站在被洗劫一空的商店門前。他還站在商品架的廢墟、被扯破的貨品與毀壞的煤氣管之間。爲什麼當初他要去這麼遠的地方呢！

「看著我！」父親喊道，葛奧格有些恍惚，快步走向床邊，想理清這一切，卻在途中停了下來。

「因爲她撩起了裙襬，」父親開始哼唱，「因爲她撩起了裙襬，那可憎的蠢丫頭。」他拉高襯衣，好向人展示，讓人看見戰爭年代在他大腿上所遺留的傷疤。「因爲她這樣這樣這樣地撩起了裙襬，你終於對她行動了，爲了毫無阻礙地取悅她，你褻瀆了我們對你母親的懷念，你出賣了朋友，將父親塞進床鋪，讓他沒法動。可是他究竟能不能動呢？」

然後他放下手，踢動雙腳。他因自己的洞察世事而喜形於色。

葛奧格站在一角，盡可能地離父親遠些。好長一段時間，他決定要全盤觀察一切，才不會讓四面八方突如其來的事情驚嚇了。如今他又想起了這個早已遺忘的決定，隨後旋卽忘記，像一條短棉線穿過針頭一般。

「但你的朋友並沒有被出賣！」父親喊道，以來回擺動的食指加強語氣，「我是他在這裡的代表。」

「眞是個滑稽演員！」葛奧格忍不住喊了出來，隨卽察覺自己說錯話，閉口卻已太遲——他的雙眼直瞪著，牙齒咬著舌頭，因爲疼痛而彎下腰。

「對，我就是在演滑稽戲！滑稽戲！多好的詞！像我這樣一個鰥夫老父，還有什麼可以安慰？你說——現在馬上回答，說你還是我活著的兒子——除此我還剩下什麼？我住在後面的房間，老得只剩下一身骨頭，身後跟著一群不忠實的同仁，而我的兒子歡欣地遊遍世界，完成了我所準備的買賣，得意忘形地在父親面前大搖大擺地離開，臉上淨是大人物尊貴冰冷的表情！你以爲我不曾愛過你這個自我而出的兒子嗎？」

「現在他會彎下腰來，」葛奧格想，「要是他摔倒，跌壞了身體怎麼辦？」這句話在他的腦中嗡嗡作響。

父親彎下腰，卻沒有跌倒。由於葛奧格並沒有如他預期地靠近，他又自己挺起身子。

「你留在原地，我不需要你！你以爲你還有力量走過來，你動也不動是因爲你不願意走。別搞錯了！我依然是那個永遠的強者。我若只有一個人可能會退縮，但你母親給了我力量，我和你的朋友一直保持很好的聯絡，你的顧客名單也都在我的口袋裡！」

「人家至少不用穿沒有口袋的壽衣！」葛奧格自語著，並且相信他可以透過這句話讓父親無地自容被摧毀。這個念頭在腦中一閃而逝，因爲他總是遺忘一切。

「挽著你的未婚妻走到我面前來吧！我會將她從你身邊趕走，而你連我怎麼出手都不會知道！」

葛奧格做了個鬼臉，彷彿他不相信這些。父親只是朝著在角落的葛奧格點頭，堅稱他說到做到。

「你今天來問我是否應該寫信告訴朋友訂婚，這件事還是使我快活。他什麼都知道，笨小子，他什麼都知道！我始終都有寫信給他，因爲你忘了取走我身上的筆。因此他好幾年都沒有來了，他對這一切比你清楚一百倍。你的來信他讀也沒讀，就放在左手揉成一團，右手則握著我的信準備要讀！」

由於興奮，他的手臂在頭頂上揮舞。「這一切他比你清楚一千倍！」他喊。

「一萬倍！」葛奧格說著，他本想揶揄父親，然而字詞從口裡吐出來時，成了一種極爲嚴肅的聲調。

「我已經注意幾年了，我知道你會帶著這個問題來找我！你以爲我關心的是其他事情嗎？你以爲我眞的在讀報紙嗎？看！」他丟給葛奧格一張他不經意帶上床的報紙。那是一份舊報，它的名字葛奧格從未聽過。

「你怎麼會拖這麼久，現在才長大成熟！直到你母親都死了，沒辦法親見你終於成人之日；你的朋友在他的俄國潦倒，三年前就已經虛弱不堪；而我，你也看見了我現在的樣子。你的眼睛分明看得見呀！」

「原來你一直暗中埋伏監視我！」葛奧格大喊。

父親憐憫地補述：「你也許很早就想說出這句話。現在說這些已經不合適了。」然後他提高音量：「一直以來你的眼中只有你自己，現在你終於不再目中無人了！你本是個無辜的孩子，更原本卻是個惡魔！所以你聽著——我判你現在投河而死。」

葛奧格感覺自己被趕出了房間，父親在他身後倒上床的聲音，還在他的耳邊迴盪。他急忙奔下樓梯，台階彷彿變成了一道斜面，此時女傭正準備開始清掃一夜過後的房子，他在她上樓時迎面撞上了她。「噢，主耶穌！」她喊著，用圍裙遮住自己的臉，而葛奧格一溜煙已不見。他躍出大門，穿越車道來到水邊。他緊抓著欄杆，像飢餓不堪的人攫住食物。他開始擺盪，像一名優秀的體操運動員，那是他年少時期最讓父母引以爲傲的事。他的手變得無力，依然緊抓欄杆，從欄杆縫隙看出去，他發現一輛公共汽車，車聲可以輕易蓋過他跌落的聲音，他輕聲地喊：「親愛的父母親，我一直都愛你們。」說完他便鬆手墜落。

在這個時刻，橋上正好有無盡的車河流過。

變形記

Die Verwandlung

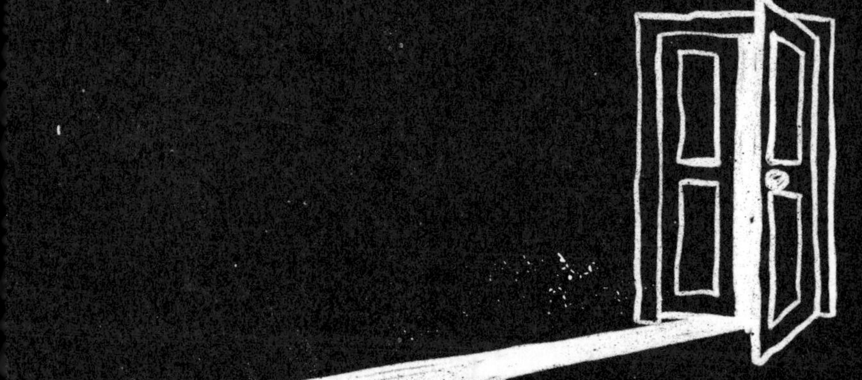

一

某日早晨，古瑞格．參薩自不安的夢境中醒來，發現自己在床上，蛻變成一隻陰森巨大的害蟲[1]。他躺在自己如盔甲般堅硬的背，若微微地抬起頭，就會看見自己隆起的褐色肚子，上面有一節一節弧形突起、僵硬的肌肉，由於突起的高度，覆在其上的棉被幾乎要往下滑，無法維持原狀。他那許多隻與他的身形相較之下顯得細小、可憐兮兮的腳，無助地在他的眼前揮動。

「我究竟發生了什麼事？」他想著。那並不是夢。他的房間，是一個真實的人類房間，只是有些過於狹小，它靜靜地被四面熟悉的牆包圍著。桌面上擺放著攤開的布料圖樣——參薩是個布料業務員，牆上則掛著一幅前陣子他從畫報雜誌上剪下來的圖畫，被裱在一個漂亮的金色畫框裡。畫裡有個婦人筆直地坐著，她穿戴著毛皮製的絨帽與披肩，正對看畫的人，高舉著隱在厚重皮套筒中的手臂。

古瑞格的目光隨即望向窗外。雨水滴滴答答地打在窗櫺的鐵皮上，那沉鬱的天氣使他格外憂鬱了。「若是我能再繼續睡一會兒，能不能就此忘掉一切愚蠢無聊的事呢？」他心中如此盤算，卻事與願違，因爲他已習慣於往右邊側睡，而此時此刻卻無法躺成那樣的姿勢了。無論他使盡多少力氣，想往右側翻身，他總會鞦韆一般盪回原來仰臥的姿勢。他大抵試了上百回，閉上眼，好讓自己看不見那些煩躁不安的腳，直到他的腹側開始感到前所未有的隱隱作痛，便停止了掙扎。

「我的老天，」他心想，「我選了一個多麼艱困的工作！日復一日地奔波。行

1 此處的「害蟲」（Ungeziefer）意爲有害的昆蟲或動物，源自中古高地德語ungezïbere與古高地德語zebar，原意爲「不潔而無法用以獻祭的牲畜」。馬丁·路德（Martin Luther）譯自猶太教主要經籍《塔納赫》（*Tanakh*）的《舊約聖經》當中描述牲畜獻祭與禍害時常用此字。《聖經》在十六世紀首度由馬丁·路德自希伯來文與希臘文直譯爲德文，對德語地區新教徒影響甚深。由於猶太人不信基督教，馬丁·路德開始反猶並著述《猶太人和他們的謊言》（*Von den Juden und ihren Lügen*），影響日耳曼諸邦，導致一五七〇年開始全面排猶；一六一四年，法蘭克福發生屠猶事件，猶太人被逐出並迫遷。

旅奔忙，遠比在家鄉做生意來得辛勞，此外，我的身體擔負著旅途的勞頓，還要憂慮火車銜接的班次、不定時且草率的餐餚，還有總是變換、既不持續也不眞誠的人際交往。都是撒旦把一切搞砸了！」他感到上腹些微發癢，便拖著背慢慢接近床頭欄杆，好讓頭能夠稍微抬高。他發現發癢的部位上面布滿了白色的小斑點，對此他無法解釋與評斷，想用一隻腳觸摸它，卻又立刻縮回來，因爲一旦觸碰，便有冷顫襲來，足以將他吹倒。

他於是繼續挪動身體，回到原來的姿勢。「這樣過分地早起只會使人變笨，」他想著，「人是需要睡眠的。其他的旅行業務員卻過得有如後宮佳麗。譬如當我在上午趕回旅舍處理訂單的時候，這些先生才正坐下來享用早餐。要是我膽敢在老闆面前這樣，早就被解雇了。誰會知道，這對我來說何嘗不是一件好事呢？如果不是爲了顧慮我的父母親，我早就辭職了吧，我一定會走到老闆面前，將埋在心底的眞實想法說出來。他一定會從講台上跌下來！說到坐在講台上，高高在上地與雇員說話，那眞是奇特的方式；而且由於老闆重聽，只好更加地靠近他。如今，希望的燭火並沒有完全熄滅；我一旦存夠錢，將父母欠他的債務還清——可能還要五、六年的時間——我一定會做到。如此一來便得豐收，成爲贏家。不過，眼下我必須早起，因爲我的火車五點鐘開。」

他看了一眼在櫃子上滴答作響的鬧鐘。「親愛的天父！」他想，已經六點半了，時針緩緩前進，甚至過了半，已接近四十五分了。難道鬧鐘沒有響過？從床上看去，鬧鐘設定的時間是四點；它一定響過了。可是，怎麼可能這足以撼動家具的響聲，會讓人安穩地睡遲了呢？如今他睡得一點也不安穩，也許正因如此，他才睡得更沉。但他現在該怎麼辦？下一班火車七點鐘開，爲了能趕上火車，他現在就得死命地加快腳步，可是布料的貨樣還沒有打包好，而他也感覺自己並不那麼清爽敏捷。就算他能夠趕上那班火車，也無法免除老闆的雷霆暴怒，因爲商行的雜工已經在五點那班火車上等著，而他的失職也早就被通報了。那雜工眞是老闆的走狗，既沒風骨也沒腦袋。而今，要是他請病假呢？這樣卻會顯得非常尷尬且可疑，因爲古瑞格在五年來的工作中，還不曾生過一次病。而且老闆一定會帶著醫療保險的特約醫生前來，在他的父母面前責備兒子的懶惰，然後用特約醫師的診斷駁斥所有的辯解——他畢竟還是相當健康的，只是不敢去上班。我們能說醫生這樣子哪裡不對嗎？確實，古瑞格感到自己經過長長的眠睡之後，實在只有多餘的睏意，他覺得身體很好，甚至有特別強烈的飢餓感。

當他速速考慮過後，還沒能下決心離開床鋪——剛好鬧鐘在六點四十五分的時候響了，有人在他床頭的門上輕敲。「古瑞格，」有人喊道——那是他的母親——「六點四十五分了。你不是要出門搭車嗎？」那溫柔的聲音！古瑞格聽見自己答話的聲音時，著實驚嚇著；他的聲音顯然一如往常，但卻夾雜著一道從體內升上來、不可遏抑而且痛苦的唧叫聲，使得說出來的話語只有在第一時間維持清晰，其後的餘音則被毀壞，甚至不曉得人們是否聽見了。古瑞格想要鉅細靡遺地回答並解釋一切，在這樣的情況下卻只能說：「好，好，謝謝媽媽，我已經起床了。」隔著木門，古瑞格聲音的變化從外面大概聽不出來，因爲母親被他的解釋安撫了，已拖著腳步離開。不過這短短的交談，反倒讓其他家庭成員注意起他來，發現古瑞格竟還反常地待在家，此時父親已經在敲側門，輕聲地，但以拳頭敲。「古瑞格，古瑞格，」他喊，「是怎麼了？」過了半晌，他又一次以更深沉的嗓音警告他：「古瑞格！古瑞格！」在另一邊的側門則有妹妹的輕聲詢問：「古瑞格？你不舒服嗎？需要我幫忙嗎？」古瑞格向兩側的門喊道：「我好了。」他小心謹慎地發音，並且盡可能地在字詞之間保持長長的停頓，以免讓人聽出任何異樣。此時父親也回去用早餐了，妹妹則輕聲說：「古瑞格，開門，我拜託你。」但是古瑞格一點也不想開門，卻沾沾自喜於旅行中養成的小心謹慎，即便在家裡，入夜必定將所有的門鎖上。

起初，他想要安靜且不被打擾地起床、穿衣，特別是吃早餐，然後再想其他的事情；因爲他想必發覺，躺在床上會讓他的胡思亂想沒有終點。他憶起從前，在床上時常因爲不對的躺姿而造成輕微的疼痛，直到起床以後才發現那僅是幻覺，他好奇著自己此際的妄想將如何漸漸消散。說話的聲音改變無非是重感冒的前兆；這是旅行業務員的職業病，對此他毫不懷疑。

要把棉被往下推很容易；他只需要讓自己的肚子鼓脹，被子就會自己滑落。然而接下來就困難了，特別因爲他的身軀實在寬闊得非比尋常。他需要手臂與雙手好讓自己能夠被撐起來，而今他卻有著許多細小的腳，不停地朝著各種方向揮舞，絲毫不聽他的指揮。他試著想彎一隻腳，但那腳卻硬是伸得筆直；當他終於能夠成功駕馭那隻腳的時候，其餘所有的腳則像被釋放了一般，無比躁動地揮舞著。「才不要無用地留在床上。」古瑞格自語著。

起先，他想將下半身從床上抽出來，然而這個連他自己都還沒見過、也無從想像的下半身，是太難移動了。一切都進行得如此緩慢；當他終於忍無可忍，幾乎要暴怒起來，他用盡全力，不顧一切地將身體往前拋，卻選了錯誤的方向，猛烈地撞上了床頭欄杆的下緣，並且感到灼熱的疼痛，意識到自己的下半身也許是此時最脆弱的部位。

於是，他試著將上半身從床上挪出去，並且小心翼翼地將頭轉向床緣。他輕易地達成了，儘管他的軀體既笨重又龐大，也還是隨著頭的轉向而緩緩挪動著。然而，當他終於將頭伸到床邊之外，懸於空中，他又害怕以這樣的方式繼續前進，因爲若是他一不小心掉下去，頭部卻沒有受傷的話，那肯定是奇蹟出現。此時此刻，他覺得再怎麼樣都不能喪失理智，寧可待在床上。

然而，當他反覆努力了多次之後，嘆了一口氣，然後躺回原來的樣子，看見那些細小的腳又開始相互纏鬥，比從前更甚，他感到這種任意的狀態，幾乎是難以平息。他再次告訴自己，他再也無法待在床上；最好的辦法是，只要有一線希望，務必讓自己從床上離開，犧牲一切也在所不惜。同時他也不忘提醒自己，與其別無選擇地下定決心，不如冷靜再冷靜地斟酌考慮。每到這樣的時刻，他便盡可能地以銳利的眼神望向窗邊，只可惜從那片晨霧的光景之中，少有信心與快活可供攫取，那霧甚至遮蔽了狹窄街道的另一邊。「已經七點了，」他說，此時鬧鐘正敲響，「已經七點了，卻還如此多霧。」他靜躺了一會兒，同時有氣無力地呼吸，彷彿在全然的寂靜之中，可以期待那些眞實與理所當然的情況再度歸來。

然後他卻又自語：「在七點一刻鐘敲響之前，我一定要徹底離開這張床。況且到了那時候，會有人從商行來探問我的，因爲商行七點前就開門了。」此時他努力想將自己的整個身軀均勻地從床上盪出來。如果他讓自己就這樣從床上摔落，便會將頭用力抬高，好讓它不至於受傷。他的背顯得很硬，如果落在地毯上，大概也不會有什麼事情。他最憂慮的是掉落所發生的巨響，那聲音也許會讓門外的人們驚嚇或者擔心。無論如何，還是得放膽去做才行。

當古瑞格的半個身軀猶如龐然大物聳立於床鋪之外——這個新方法與其說是

吃力的工作，不如說是一場遊戲。他只需要一直往後盪——他想到，要是有人可以來幫忙，一切將會變得多麼容易啊。只要兩個強壯的人就夠了——他想及他的父親與女傭——他們只需要將手臂伸進他圓拱形的背底下，將他從床上撥開，彎下腰如卸貨般放他下來，然後小心謹慎地容忍他在地面上自己翻身；在地板上，那些細小的腳興許能夠發揮作用了。而今，所有的門都鎖上了，此時他是否應該求救？儘管處境危困，他這樣想的時候也禁不住地微笑著。

他已經愈滾愈遠，在這種力道之下幾乎無法維持平衡，很快他得做出最後決定，因爲再五分鐘就是七點十五分了——此時，大門的門鈴響起。「是店裡有人來了。」他自忖，身體幾近僵直，他細小的腳卻因此更急促地舞動著。頃刻間，周圍一片寂靜。「他們不會開門。」古瑞格自言自語，同時懷抱著荒謬的希望。女傭則一如往常地踩著堅定的步伐，走過去開門。古瑞格只要聽見訪客的第一句招呼，就知道是誰來了——是經理本人。爲何只有古瑞格要遭受無情審判，在一家公司服務，稍有怠忽就被視爲重大嫌疑呢？難道所有全體職員都是無賴？難道在他們之中沒有一名忠誠的員工，只是在早晨疏忽了幾小時的工作，由於良心不安而變得古怪瘋癲，致使他沒有能力離開床鋪？難道請個學徒前來詢問還不夠——若這詢問眞有必要——而非得讓經理自己出馬，然後讓無辜的一家人知道？調查這件可疑之事，只有經理可以勝任？由於這個想法帶來的激動情緒，而非他原本的意志，古瑞格使盡全力跳下床鋪。發出了一聲巨響，卻也不至於震驚四方。大概是因爲落在地毯上減低了響聲，還有背部的靈活超乎古瑞格所想，所以並沒有發出顯著且笨重的聲音。由於他不夠小心，沒有將頭抬高，於是撞到地面；他轉轉頭，在忿怒與疼痛之中把頭貼在地毯上磨擦。

「裡面有東西掉下來了。」經理在左側的房間裡說。古瑞格幻想著，若有一天經理也遇到類似的事情，就像他今天經歷的那樣；這樣的可能性多少還是有的。然而，像是對這個疑問粗暴地回應那般，經理在旁邊的房間裡正大聲踱步，任由他的漆皮靴子嘎吱作響。右側的房間裡傳來妹妹輕聲地通報，想知會古瑞格：「古瑞格，經理來了。」「我知道。」古瑞格自語著，卻不敢提高音量讓妹妹聽見。

「古瑞格，」此刻父親從左側的房間裡說，「經理先生前來探詢，爲何你沒有搭上早班的火車。我們不知道該跟他說什麼。而且他本人也想親自跟你談一談。請你打開門。房間凌亂沒有關係，他會友善原諒。」「早安，參薩先生。」經理間中友善地接腔。「他不舒服，」母親在父親正對著門說話的當下，一邊對經理說，「他不舒服，經理先生，請您相信我。否則古瑞格會有什麼理由錯過火車！這個年輕人滿腦子除了生意，別無其它。他晚上從來不肯出門，我差點要爲此發脾氣；他這八天都待在城裡，每天晚上都待在家。他都跟我們坐在桌邊，默默看報，或查看火車時刻。他每天的消遣就是細線鋸的手工藝。比如他會連著兩、三晚都在鋸相框；那相框有多漂亮，您一定會感到驚訝；它就掛在房間裡，等古瑞格打開門，您馬上就會看見。而且經理先生，您大駕光臨，我眞的非常高興。

我們自己都沒有辦法讓古瑞格打開房門，他非常頑固；他一定是身體不舒服，雖然他早上還矢口否認。」「我馬上來。」古瑞格緩慢且從容不迫地說，他一動也不動，生怕漏聽了談話中的任何一個字。「敬愛的女士，我想也不會有其他原因的，」經理說，「希望情況不是太嚴重。不過另一方面，我還是得說，我們生意人——不知道這樣算是幸還是不幸——儘管有些微不舒服，經常要因爲生意上的顧慮而努力克服。」「那麼經理先生可以進去找你了嗎？」父親不耐煩地問，再次敲打房門。「不行。」古瑞格說。左側的房間傳來了一陣尷尬的靜默，右側的房間則有妹妹開始啜泣的聲音。

爲什麼妹妹不去跟其他人同在一起？她大概是現在才起床，根本還沒來得及穿衣。那麼她爲什麼要哭呢？因爲她的哥哥不願意起床，讓經理走進房？因爲他正處在丟掉職務的危險當中，而且一旦如此，老闆就會前來向他的父母追討舊債？這些再怎麼說都是不必要的煩惱。古瑞格畢竟還在這裡，絲毫沒有棄家庭於不顧的念頭。此時此刻，他正躺在地毯上，任誰知道他的狀態，是不會嚴正要求他讓經理進來的。爲了這小小的無禮，之後可以慢慢找個適當的藉口搪塞，這樣古瑞格也不至於馬上被趕走。古瑞格覺得，與其現在讓他們用哭泣或勸說來干擾自己，不如讓自己靜一靜來得理智些。他們不了解狀況，所以才會驚慌失措，弄到這步田地。

「參薩先生，」此刻經理提高音量說，「發生什麼事情了？您築牆設障、自困於房間，只回答『是』與『否』，帶給您的父母親沉重且不必要的憂煩，此外——我順道一提——您以一種前所未見的方式怠忽職守。在此我以您的父母與您的長官之名，嚴肅地要求您立卽給出清楚的解釋。我太吃驚，太吃驚了。我一直以爲您是沉著理性之人，而今卻突然顯露出恣意驕矜。今天一早，老闆指出您曠職可能的理由——事關前些日子託付您代收的款項——但我幾乎可以對天發誓，這個理由與事實不符。如今看見您執拗得令人難以捉摸，我也已經完全失去袒護您的心意了。況且您在公司的職位並不是最穩固的。這些話原本該是我們兩人私底下說，但是既然您在這裡無端浪費本人的時間，我不明白何以這些話不該讓您的父母大人聽見。近來您的工作表現非常令人不滿意；現在固然不是什麼做生意的旺季，這點我們承認；但是完全沒有生意可言，根本是不行的，參薩先生，這樣是不應該的。」

「可是，經理先生，」古瑞格忍不住叫了出來，在激動之中，他忘了外面的一切，「我立刻，馬上就去開門。我的身體有些不適，頭疼暈眩，所以沒法起身。現在我還在床上。但我已經好了，現在正在下床。請您再稍等一會兒！我目前的狀況並沒有預期的好，但是已經好多了。怎麼會這麼突然，一下子就病倒！昨晚一切都好好的，我的父母甚至比我還清楚，不過昨晚我已經感到一些徵兆。這些徵兆應該要及早被發現才對，我爲什麼沒有向公司通報！其實我一直以爲，生病了不需要在家休養，也可以挺過去。經理先生！請您體恤我的父母！您方才責備我的話，是沒有根據的，也沒有人這樣評價過我。您也許還沒有看到我所交出去的最後一批訂單。況且，我還能搭八點鐘的火車啟程，火車上幾個小時的休息，我就可以恢復體力了。請您勞駕，經理先生，我馬上回到工作崗位，也有勞您將此事轉告老闆，多爲我美言幾句了！」

當古瑞格倉促地說完一切，他已經不知道自己說了什麼。也許是在床上的練習使他駕輕就熟，他輕易地接近櫃子，想倚著櫃子站起來。他是眞的想開門，想要站起來，同經理說話；他急於想要知道，那些急著想看見他的人，看見他這身模樣會說些什麼。如果他們會受到驚嚇，那麼古瑞格便了無責任，可以安心自在了。如果他們淡然處之，這樣他也沒有理由激動，然後，如果可以，便能趕在八點鐘眞的抵達火車站。剛開始，他從光滑的櫃子往下溜了幾回，最後一口氣跳下，直挺挺地站在那；他完全沒有注意到自己下半身如灼燒般的痛楚。然後，他沿著一個鄰近的椅背落下，細小的腳緊扣住椅緣，如此一來，他便可以駕馭自己了。此刻他沉默下來，因爲這樣才好聽見經理說的話。

「您們有聽懂他任何一句話嗎？」經理問父母，「他該不會是要愚弄我們吧？」「老天！」母親嘆道，眼裡流著淚，「他也許病得很重了，我們還這樣折磨他。葛莉特！葛莉特！」她一直喊著。「媽？」妹妹從另一邊叫道。她們雙方隔著古瑞格的房間相互交談。「你得卽刻去請醫生，古瑞格病了，立刻去請醫生。你剛剛有聽見古瑞格說話嗎？」「剛剛那是動物的聲音。」經理說話了，他的聲調與母親的喊聲相較，顯得輕微許多。「安娜！安娜！」父親的喊叫聲自前廳傳至廚房，一邊拍手，「立刻去請鎖匠來！」說時遲，那時快，兩名女子的裙角便窸窸窣窣地穿越前廳——妹妹是怎麼如此快速地穿好衣服的呢？——一溜煙，兩人急急拉開大門。人們聽不見關門的聲音，她們大抵就這樣讓它敞開著，像大難臨頭的屋子才會保持的狀態。

古瑞格卻是安穩下來了。然而他所說的話，人們再也聽不懂。儘管他認爲自己說的話已經夠清楚，甚至比從前還清楚，也許是因爲他的耳朵已經聽慣了。無論如何，現在大家已經開始相信他不大對勁，並且準備好要幫助他。那充滿信念與可靠的初步處置，使他覺得舒暢。他感到自己再度與人類的圈子產生了連結，並且對於醫生或者鎖匠這兩種職業，不再精確地去區分它們，盼望兩者都可以有令人驚喜的偉大成果。爲了讓自己在卽將來臨的決定性談話中擁有清晰的聲音，他微微地咳出聲，尤其盡可能地壓低音量，因爲也有可能這個聲音已經不同於人類的咳嗽聲，而他自己也沒有信心去分別了。在這當中，隔壁的房間變得非常靜寂。也許他的父母和經理正坐在桌旁竊竊私語，也許所有人都緊靠在門邊，豎起耳朵傾聽。

古瑞格慢慢將扶手椅推向門口，然後在那裡鬆開手，讓自己倒向門，倚靠著門挺立——他細小的腳掌有些黏液——在疲累之中，他休息了片刻。然後便開始用嘴巴轉動鑰匙孔中的鑰匙。可惜的是，他似乎沒有眞正的牙齒，這樣他該用什麼咬住鑰匙呢？——不過，他的下巴卻是相當有力；透過下巴的使力，他眞的將鑰匙轉開了，卻沒有注意到自己有什麼地方受了傷，因爲他的嘴裡正流出了褐色的液體，流過鑰匙滴在地板上。「您們聽，」經裡在隔壁房間說道，「他在轉動鑰匙了。」這對古瑞格來說是極大的鼓舞，大家都應該向他歡呼才對，父親與母親也不例外：「勇往直前，繼續開鎖！」只要想到所有人都激動地看著他的努力，他便不顧一切地用盡所有力氣咬住鑰匙。隨著鑰匙的旋轉，他也在門鎖邊舞動著，他只用嘴巴的力量挺住身體，隨心所欲地將自己掛在鑰匙上，或是用全身的重量去壓住它。當門鎖終於喀啦一聲地被旋開，那淸亮的聲響將古瑞格完全喚醒了。他深吸一口氣，說：「我不需要鎖匠了。」然後用頭頂著門把，好將門完全打開。

由於他得用這樣的方式打開門，因此當門已經敞開的時候，我們仍看不見他的身體。他得慢慢地繞過雙扇門的其中一片，並且小心翼翼，以免他在進房之前摔個四腳朝天。他還在與各種艱困的動作奮戰，早已無暇注意其他事物。此時，他忽然聽見經理大喊一聲：「噢！」——那聲音聽來有如狂風呼嘯——此刻他也看見他了，那位經理先生站在門邊，手摀住張大的嘴，慢慢地向後退，彷彿前方有種看不見的力量，穩定且持續地驅趕著他。母親也站在那裡，儘管經理在場，她仍然頂著一頭昨夜鬆開的頭髮，任其雜亂無章——起初，她雙手合十地看著父親，然後朝向古瑞格走了兩步，接著便癱倒在圍繞著她而開展的裙子上；她垂頭，臉頰隱沒在胸前。父親帶著敵意的表情握拳，好像就要將古瑞格打回房間，隨後又不安地在客廳裡四處張望，他的雙手蒙著眼睛哭泣，寬闊的胸膛不住地顫抖著。

古瑞格絲毫沒有進到客廳去，而是倚在另一扇尚被閂起的門後面，好讓自己的身軀只露出一半；他歪斜著頭，窺看其他的人。在這當中，天色已漸亮，在對街無盡綿延的灰黑色房屋，正在街道的另一邊清晰閃現其中一個切面——那是一間醫院——正面有一扇扇羅列整齊的窗洞；雨還在下，但卻是飽滿可見的雨滴，零零落落地打在地面上。早餐的餐盤極其豐富地擺滿了桌子，因爲對父親而言，早餐是一天最重要的一餐，他總在早餐時花好幾個鐘頭閱讀各式報紙。恰巧在對面的牆上，掛著一幅古瑞格服兵役時的攝影肖像，那是當少尉時的他，手握著佩劍，無憂地微笑著，使人們不由得尊敬起他的儀態與制服。通往前廳的門是敞開的，也因此人們可以看見屋子的玄關，以及自門口往下延伸的頭幾個台階。

「那麼，」古瑞格說著，並且清楚地意識到自己是唯一能夠保持平靜的人，「我會立刻穿上衣服，把樣品打包好，然後離開。你們會想，你們會想讓我離開嗎？喏，經理先生，您看，我並不是一個執拗的人，而且我熱愛工作；差旅是辛苦的，但沒有這種旅行，我就無法生活。您要去哪裡呢，經理先生？要去商行嗎？是的話，能不能請您如實傳達這一切？人也有一時無法工作的時候，但正也是這個時候，才會讓人回憶起過去的工作成果，並且去思考日後如何在阻礙排除了以後更加勤奮專注地工作。對於老闆，我的責任重大，您一定非常理解。另一方面，我也爲父母與妹妹擔憂。我現在處境艱難，但我一定會熬過去的。請您別讓我的處境變得比現在更加困難。請您在公司務必站在我這邊！旅行業務員在公司不受歡迎，這點我知道。人們以爲這行可以日進斗金，過著好日子。這種偏見思維也很難有理由被改變。可是，經理先生，您對於這些狀況比其他的職員有著更客觀的了解，是的，甚至我可以很肯定地說，您看得比老闆還要清楚，老闆以他作爲企業主的特質，往往容易迷惑於對雇員不正確的判斷。您也非常清楚，旅行業務員幾乎一整年都不在辦公室，很容易成爲流言、意外與無故抱怨的衆矢之的。要防止這些事情發生，對他來說完全不可能，因爲他大多不知道這些事情，只有在他筋疲力竭地結束旅程回到家時，才會親身感受到那已經無法追溯緣由的嚴重後果。經理先生，請您別一句話也沒有說就離開，好讓我知道您覺得我所說的話至少部分有理！」

然而古瑞格的第一句話還沒說完，經理就已經轉過身去，他噘著嘴，眼神越過顫抖的肩膀回望古瑞格。古瑞格說話的時候，他一刻也無法靜止，他朝著門的方向逐步移動，眼睛持續盯著古瑞格，彷彿存在著一種不能離開房間的祕密禁令。他已來到前廳，後腳剛剛離開客廳，那動作突兀地讓人以爲他的腳底著了火。而他在前廳卻將右手伸向台階的方向，好似那裡有種超越塵俗的救贖在等待著他。

古瑞格很清楚，無論如何不能讓經理在這樣的氛圍下離開，否則將會危及他在商行裡的職位。父母對於這一切並不是很了解，多年來，他們相信古瑞格終生都會受到這家商行的照料，況且現在他們爲了此時的憂慮還有好多事要做，因此各種遠見早已被拋卻。不過，古瑞格有遠見，經理需要被挽留、被安撫、被說服，最終贏得他的支持；古瑞格與他家人的未來攸關此時了！要是妹妹在這裡就好了！她很聰明；當古瑞格還靜躺在床的時候，她就已經哭了。而經理這樣一位偏好女性之人，一定會順著妹妹的心意；她一定會把大門關上，然後在前廳好言化解經理的驚恐。但是妹妹卻不在這裡，古瑞格得自己處理。他沒有想及自己當下擁有移動的本領，也完全沒法想及他的話語極有可能再一次沒有人聽懂，就這樣，他離開門扇，穿過門扉，意欲走向經理，而經理早已滑稽地將雙手緊握前庭的欄杆。古瑞格當即摔了下來，一邊尋找可以攙扶的地方，同時發出微弱的喊叫聲，壓著那許多雙細小的腳落了地。正當此時，他在這個早晨初次感到一種身體上的愜意；那細小的腳底下是堅實的地板，它們徹底地順服，他發現自己爲此感到高興；那些小腳隨後甚至開始動了，扛著他前進，帶領他前往他想去的地方；他於是開始相信，那所有痛苦的終結就在眼前。但在同一時刻，他抑制不住移動的渴望而開始搖晃，然後在離母親不遠的地方躺下，母親看似正在深思，卻一下子跳起來，伸開手臂，五指伸展，大喊：「救命！上帝，救命！」她垂下頭，好似想將古瑞格看得清楚些，卻事與願違，不知怎地直向後退；她忘了身後有擺好餐具的桌子，整個人六神無主，臨到桌子便坐上去，絲毫沒有察覺到身旁被打翻的大咖啡壺，正水流如注地滿溢在地毯上。

「媽，媽。」古瑞格輕聲地說，同時仰頭望著她。這時，他已經將經理忘得一乾二淨，倒是眼見傾倒的咖啡，他的下顎不由自主地開合著。母親目睹這一切，又開始大叫，連忙從桌邊逃走，倒在迅速迎上來的父親懷裡。但古瑞格現在沒有時間管父母親了；經理已經走下樓梯，他回頭，下巴與樓梯扶手齊高，瞥下最後一眼。古瑞格開始跑，盡可能想趕上他；經理定是預料到什麼，因爲他一躍而跳下數個台階，隨即不見人影；「呼！」他甚且這樣叫著，那聲音迴盪在樓梯間。迄今始終保持鎮定的父親，如今很可惜地，對經理的逃跑感到慌亂無著，以至於他並沒有追趕經理，或者至少阻止古瑞格去追他，卻用右手一手抓起經理留在扶手椅上的手杖、帽子與大衣，左手拿起桌上的一大張報紙，雙腳不住往前踏步，透過手杖與報紙的搖擺震動，將古瑞格趕回他的房間。古瑞格怎麼哀求都沒有用，沒有人會理解那些哀求，他想要謙卑地轉頭，父親卻更加用力地踏步。

另一方面，儘管天氣寒冷，母親卻拉開窗戶，將身體往外傾，在窗外用雙手摀著她的臉。窗外的街道與屋內的樓梯之間，忽然颳起了一道強風，窗簾揚起，桌上的報紙沙沙作響，幾張報紙飛落到地板上。父親無情地驅趕著他，像個野蠻人般叫喊，發出噝噝聲。然而古瑞格絲毫沒有練習過怎麼向後退，他的動作極為緩慢。要是古瑞格能夠轉身的話，他一定會立即進到他的房裡去。但是他害怕父親在他費時的轉身當中失去了耐性，每時每分他都能感到父親手中握著的手杖在威脅著，可能招來致命的一擊，落在他的頭上或者背上。最後，古瑞格實在別無他法，因為他驚詫地發現，自己在後退的時候，全無路向可以遵循；於是他持續以驚恐的眼光斜看父親，好伺機快速轉動身體，實際上，他的動作卻是緩慢無比。也許是父親發現了他的堅決意志，因為他並沒有阻止他，卻是在遠處以手杖的尖端左右指揮著他轉身的方向。如果沒有父親那些令人難以忍受的噝噝聲，該有多好！那聲音使古瑞格昏頭了。他幾乎就要轉過身，卻因為聽見這噝噝聲而分了神，於是又稍稍轉回頭。當他的頭終於幸運地對準門的縫隙，他才意識到自己的身體太過龐大，沒法穿過去。父親在此刻的精神狀態下，當然也不可能想到可以打開另一邊的門扇，好讓古瑞格有足夠的通道。他現在只想着古瑞格應當快速返回自己的房間。若要讓古瑞格站起來好穿過房門，還需要各種繁瑣的準備，但父親決不會允許這樣的；相反地，此刻他用更奇特的聲響驅趕他前進，無視任何阻礙，那聲響在他身後，彷彿不再只是父親一人的聲音；現在，這可一點也不好玩，古瑞格拚了命地擠進門。他身體的一側被擠高，他整個人歪斜地卡在門口，被擠壓的那側已被磨傷，白色的門上留有骯髒的汙點，他很快地被卡住，再也動彈不得，完全無法靠自己移動了，他身體一側的小腳們懸在空中顫抖，另一側的腳則被壓在地面，疼痛不已——此時，父親從後面用力地推了他一把，像真實的救贖，他遠遠地飛進房間裡，身體淌著血，房門被手杖砰一聲關上，然後一切復歸寂靜。

二

直到黃昏，古瑞格才從他昏厥似的深睡中醒來。他當然也可以在更晚的時候不受任何驚擾而自然醒來，因爲他感覺自己休息與睡眠都足夠了，但他卻感覺有個匆忙的腳步，以及玄關那邊傳來小心翼翼的關門聲，因而被喚醒。街上的公共電燈慘白地照在房間天花板與家具的較高處，然而古瑞格所處的下方仍一片黑暗。他慢慢地移動自己，依然拙劣地用自己現在才懂得珍視的觸角摸索著，他往門的方向移動，想看看那裡發生了什麼事。他發現身體左側有條長長的、不舒服而緊繃的疤痕，於是他只能用兩排小腳一跛一跛地爬行了。而且其中一隻腳在上午的意外當中受了重傷——只有一隻腳受傷，那眞是個奇蹟——受傷的小腳了無生氣地在後面拖行。

直到門邊，他才發現自己究竟是被什麼東西引過去；那是一些可以吃的東西的味道。因爲那裡擺著一小罈香甜的牛奶，上面漂浮著切碎的白麵包。他幾乎高興地笑了，由於肚子比早晨的時候餓得多，他立即一頭栽進牛奶罈中，眼睛幾乎快被淹沒。然而，很快地，他失望地又將頭縮回來，不只是因爲進食的困難——他左側的身體難以移動，必得讓全身上氣不接下氣地同心協力，他才能夠進食——再者，牛奶曾是他最愛的飲品，這想必是妹妹親手端來的，可是他卻覺得毫無滋味，他幾乎是充滿厭惡地在那罈牛奶前轉過身去，爬回房間中央。

古瑞格從門縫中望出去，客廳裡燃著煤氣燈，平日的這個時候，父親會大聲地朗讀晚報給母親聽，有時也讀給妹妹聽，此刻卻了無聲息。妹妹總是向他提起，或在信中講父親朗讀的習慣，也許最近父親不這麼做了。儘管屋裡一定有人，四周仍然寂靜無聲。「這家人的生活是多麼寂靜呀。」古瑞格自語著，一邊注視著黑暗，他爲自己能夠給父母與妹妹在這麼漂亮的房子裡過這樣的生活，感到非常得意。然而，要是這一切靜謐、豐足的生活以可怖的災禍收場呢？爲了不讓自己陷入這樣的幻想，古瑞格寧可開始移動身軀，在房間裡四處爬行。

在這漫長的晚間，曾有一邊的門，另一次是另一邊的門，開啟了一條細縫，然後又迅速關上；大抵是有人想要進來，但又顧慮太多。古瑞格停在靠近房門的地方，決定要將猶豫不決的訪客帶進來，或者至少他可以知道那是什麼人；但是現在門卻不再開啟，古瑞格白等了一場。早晨，當所有的門都鎖上的時候，大家都想到他這裡來，現在，他開了一扇門，其他扇門顯然也在日間都被打開過，鑰匙也插在外面，卻再也沒有人進來。

深夜時候客廳的燈才熄，這樣便很容易推斷，父母與妹妹都長時間醒著，因爲此刻這三人踮著腳離開的聲音可以清楚聽見。如此一來，直到明天早晨，將不再有人會進到古瑞格的房間；他將有一大段時間可以不被打擾，好思索自己該如何重新安排生活。然而，他被迫平躺在這挑高、空蕩的房間地板上，卻使他沒來由地憂慮起來，因爲這是他住了五年的房間——他意識模糊地轉身，帶著些許羞恥，急忙爬到長沙發底下，儘管他的背感到些許壓迫，他的頭再也無法抬高，他卻很快地感到非常舒適，只遺憾自己的身形龐大，沒法完全置身於長沙發底下。

他在那裡待了一整夜，有時半夢半醒，總是不斷地被飢餓驚醒，有時則在憂愁或朦朧未明的希望中度過，但無論怎樣，這些都導向同一個結論——他必須暫時保持安靜，透過忍耐與對家人的體貼，幫助他們度過那些古瑞格因身體狀況而被迫給他們造成的不愉快。

時序已是黎明，天卻仍黑，古瑞格逮到機會測試自己的決心是否堅定，因為妹妹自前廳走來，打開了門，她穿戴整齊，神情緊張地往裡面張望。她沒有馬上找到他，然而當她在長沙發底下察覺他時——神啊，他該在其他地方才對，他又沒有辦法飛走——她驚嚇萬分，不能自已地又從外面關上了門。然而，當她開始懊惱自己的行為時，她又馬上打開門，踮著腳踏進去，彷彿正要走進一個重病患者或陌生人的房間。古瑞格把頭往長沙發的邊緣探去，開始觀察她。不知道妹妹是否會察覺，那牛奶他連碰都沒碰，絕不是因爲不餓，是否妹妹會因此端來另一道較合他口味的菜？若她不主動這麼做，他寧可餓死，也不要讓妹妹注意到他，儘管他其實急迫地想從長沙發底下衝出去，撲倒在妹妹的腳邊，向她討要一些好吃的東西。但是妹妹立即驚訝地注意到那滿滿的罈子，周圍僅濺出一些牛奶，她立刻拿起罈子，不用雙手直接碰，卻隔著一塊破布把它端出去。古瑞格十分好奇，妹妹這次會帶來怎樣的食物，他開始東想西想。他怎麼也不可能猜想到妹妹出於一片好心所帶來的東西。爲了試探他的口味，她給他帶來了各種不同的食物，全部攤在一張舊報紙上。上面有半爛的蔬菜、晚餐的骨頭浸在已然凝固的白色醬汁裡、一些葡萄乾與杏仁、一塊古瑞格兩天前表示難以下嚥的乳酪、一片乾麵包、一片塗上奶油的麵包，以及一片塗奶油並且上了鹽的麵包；此外，她也擺上了也許今後都要給古瑞格專用的罈子，裡面加了一些水。由於考慮周到，妹妹知道古瑞格不會在她的面前進食，她盡速離去，甚至將門鎖上，好讓古瑞格知道自己可以安心自在了。古瑞格的小腳在前往覓食的時候，發出了窸窣的聲響。而且他的傷應該已經完全好了，他不再感到不便，對此他覺得驚奇，想到一個多月前，他才用刀子不小心劃傷了手指，直到前天傷口還很痛。「難道是我現在的感覺不如從前敏銳了？」他邊想著，一邊貪婪地吸吮乳酪，那是所有菜餚當中最引他注目的。他很快地一道接一道地吃，眼裡流著滿足的淚水，邊享用乳酪、蔬菜與醬汁；新鮮的菜餚他反倒食之無味，他絲毫無法忍受那氣味，甚至將他想吃的食物挪到較遠的地方去。當妹妹作勢要轉動鑰匙，暗示他向後退，正要慢慢開門的時候，他早已吃個精光，慵懶地躺在原地。雖然他已經微微入睡，那開門聲立即驚起他，使他連忙躲回到長沙發下。不過，儘管妹妹只是短時間待在房裡，他在長沙發底下還是需要很強的自制力，因爲那豐盛的食物使他的身體鼓脹了起來，他在那窄隙當中幾乎無法呼吸。在幾次的呼吸困難當中，他用水汪汪的凸眼睛巴望著，妹妹並未察覺，不僅以掃帚將殘羹掃在一起，還將古瑞格沒有動過的菜餚當作再也不需要的東西，匆忙地將它們倒進垃圾桶，然後蓋上木頭蓋子，整個運出去。妹妹才一轉身，古瑞格就從長沙發底下鑽出來，開始伸展四肢，讓身體鼓脹起來。

於是古瑞格每天用這樣的方式得到食物，一次是早上，父母與女傭還睡著的時候；第二次是大家午飯過後，因為這時候父母還會再睡一會兒，而女傭則會被妹妹差遣出去張羅東西。他們一定也不願意古瑞格餓死，但也許除了從妹妹那邊得知他的飲食之外，他們已不忍再聽更多的道聽塗說，更可能的是妹妹不想要他們有一丁點憂傷，因為他們所受的苦其實已經夠多。

古瑞格已經無從得知最初的那個早晨，他們是拿什麼藉口將醫生與鎖匠從屋子裡送走的，因為自從他的話不被聽懂之後，就再也沒有人，包括妹妹，覺得他可以聽得懂其他人的話，因此只要妹妹在他的房間裡，他只要偶爾聽到妹妹的嘆息，或呼喚聖名的聲音，就必須感到滿足。後來，當妹妹開始稍微習慣一切以後——當然，要她完全習慣是不可能的事——古瑞格有時便可以聽見表示友善或意味如此的話語。當古瑞格在食物堆中幹練地解決掉它們時，妹妹會說：「今天的食物很合他口味。」當情況相反時，漸漸地這樣的狀況也愈加頻繁，她會帶著幾近悲傷的語氣關心道：「現在又全部剩下來了。」

雖然古瑞格無法直接聽見新消息，他還是可以從隔壁房間隱約聽到些什麼；只要他聽聞說話的聲音，便會立卽奔向相應的門邊，並且將整個身體壓上去。特別是剛開始的幾天，門外的一切談話，卽便是私密的耳語，內容也無不與他有關。整整兩天他所聽見的，都是吃飯時商討大家該如何應對；就算是用餐之外的時間，大家也在談相同的話題，因爲家裡總有至少兩個成員在，因爲一定沒人想要單獨待在家，而且無論如何不能讓家裡空著。而女傭在同一天也向母親跪求著，希望母親能立卽將她辭退——我們並不清楚她對於發生的事情知道了多少——一刻鐘過後，她流著淚道別，感謝母親同意將她解僱，彷彿那是人們可以施予她最大的恩惠；人們還沒開口跟她要求，她便發下毒誓，說不會向任何人洩露一丁點消息。

如今妹妹也得與母親協同下廚了；不過那並不費事，因爲大家幾乎不吃了。古瑞格總是一直聽見其中一人要求另一人吃飯，卻徒勞無功，總是一樣的回答：「謝謝，夠了。」或是其他相似的回答。酒大抵也不喝了。經常是妹妹詢問父親是否想喝啤酒，同時熱忱地表示自願去買，在父親沉默不答的時候，她便爲了顧及父親的感受，而改口說她也可以差遣管家去買，然而父親最後還是大聲說了「不」，於是再也沒有人提及喝酒了。

早在第一天，父親就把他所有的財產狀況與未來的展望詳細地告訴母親與妹妹。他不時從桌邊起身，從他五年前生意失敗搶救出來的小金庫中取出一些憑證或帳簿。我們可以聽見他是如何打開程序繁瑣的鎖，待取出要找的東西，又將它鎖上。父親當時的說明，某部分對古瑞格而言，是他被囚禁之後初次聽見的喜訊。他一直以為父親在事業上並沒有留下任何東西，至少父親並沒有告訴過他相反的情形，而古瑞格不曾過問。古瑞格當時唯一的憂慮，便是如何傾其全力使家人盡快忘記破產的不幸，那不幸使所有人都陷入了絕望。因此他當時像點燃了一把熱火一般，開始奮力工作，一夜之間，他便從一個小店員搖身成為旅行業務員，這個職位自然有其他截然不同的賺錢機會，他的工作成果也蛻變為現金形式的酬勞，可以回家放在桌上，使家人又驚又喜。那眞是一段美好的時光，儘管古瑞格後來賺了許多錢，能夠擔負全家人的生計，那輝煌的日子卻已然不再。不管是家人還是古瑞格，大家其實已經習慣充滿感謝地接受，他也樂於交付金錢，但這當中不再有那種特別的溫暖。只有妹妹仍然與古瑞格保持親近。妹妹與古瑞格不同，她非常喜愛音樂，並且能夠拉出動人的小提琴樂曲；古瑞格暗暗計畫著，無論學費多麼高昂，且就算非得用其他方式來補足開銷不可，他都要將妹妹送進音樂學院去。每每古瑞格在城裡稍作停留的時候，他會順道回家與妹妹相談，提起音樂學院的事情，但那總像是一個人們想都不敢想的美麗的夢，父母也不樂意聽見這天眞的談話內容；但古瑞格非常確定地思索著，並且決意要在聖誕夜隆重地宣布此事。

當古瑞格立在門邊，雙耳緊貼著門傾聽時，那對他當前處境毫無用處的想法，正在他的腦海中迴盪。有時他因爲過於疲憊而無法繼續聽下去，便一股腦兒把頭往門上靠，然後卻又馬上把頭豎起來，因爲只要他發出一點點的聲響，被隔壁聽見了，所有的人便默不作聲。「他又在搞什麼？」父親一會兒說道，顯然轉身正對著門，然後那中止的談話才又漸漸繼續。

古瑞格可以聽到許多事情——由於父親在解釋的過程中經常重複，部分原因是他已經很久沒有管這些事，另一部分的原因是母親無法第一次就聽懂全部——儘管這種種不幸，家裡還是有一小筆昔日留下來的財產，沒有動用過的利息在日積月累之下，金額也增加了一些。此外，古瑞格每月帶回家的錢——他只留幾盾錢給自己花用[2]——並沒有完全被用光，這些錢已經累積成一小筆資本。古瑞格站在門後熱情地點頭，他對這意外的謹慎與節約感到欣喜。事實上，他可以用這些盈餘的款項來償還父親欠老闆的債務，如此一來，他離擺脫自己職務的日子也不遠了；不過，父親現在這樣安排，無疑是更好的辦法。

如今，這些錢一點也不夠讓一家人靠利息來生活；也許它夠讓全家維持一年、至多兩年的生計，更久是沒有辦法的。那僅是一筆其實並不應該動用的款項，當留予應急之時；生活的費用應當要由自己賺得。如今父親雖然健康，但也開始衰老，他已有五年不工作了，說到底他也沒敢自信能再工作；這五年是他辛勤卻失敗的人生中第一次的假期，他開始發胖，行動也變得遲緩許多。而年邁的母親如今也許要開始賺錢？她患有哮喘，連在家中走動都感到吃力，每兩天就因哮喘發作而必須躺在沙發，在敞開的窗邊休息。還是妹妹應該去賺錢？她還是個十七歲的孩子，生活方式愜意得很是讓人羨慕，每天打扮漂亮，睡得很長，有時幫忙家務，有時出門參加一些素樸的娛樂活動，特別還演奏小提琴。每每話題來到賺錢之必要，古瑞格首先會離開門邊，將自己的身體拋進一旁冷冰冰的皮沙發裡，因爲羞愧與悲哀，他全身發熱。

時常，他可以躺在那裡度過漫漫長夜，一刻也不睡，只是刮著沙發皮好幾個小時。有時候他不惜使盡全力將扶手椅推到窗邊，然後爬上窗外的護牆，他抵著扶手椅、靠在窗邊，顯然只是想回憶起從前望向窗外的那種解放感。事實上，他每天眼見的事物儘管距離不遠，卻愈來愈模糊；對面的醫院由於太常出現在他的視線，他從前總是嫌惡，如今卻已看不清；要不是他清楚知道自己住在安靜卻又非常都會的夏洛騰街，他可能會以爲從自己的窗戶望出去所看見的，是一片荒

2 此處指萊茵盾（Dulden），爲奧匈帝國在一八六七年建國時所發行的幣制，直到一八九二年爲克朗（Krone）所取代，萊茵盾通行至一九〇〇年。奧匈帝國的領地涵蓋波希米亞王國，即相當於今日的捷克。

野，灰色的天與地融在一起，無法分別。細心的妹妹僅看見扶手椅放在窗邊兩回，之後當她每次來整理房間，最後都會將扶手椅推到窗邊，甚至此後都讓內層的窗扇開著。

要是古瑞格可以跟妹妹說話，對她所做的一切表示感謝，他應該會較承受得起她的照顧；但他對此只覺得痛苦。妹妹自然是想盡量抹除一切尷尬；時間過得愈久，她便更加得心應手，隨著時間過去，古瑞格也更加看清了一切。光是她進房間來，對他來說就是一件可怕的事情。她前腳才剛剛抵達房間，還等不及關上門，就連忙跑到窗邊；從前她會小心不讓別人從窗外窺看到古瑞格，現在卻像就要窒息一般，雙手迅速打開窗戶，不畏天寒地在窗邊深呼吸一會兒。每天，她用這樣的奔忙喧聲驚動古瑞格兩回。古瑞格始終躲在長沙發底下發抖，但他很清楚，如果妹妹可以留在窗戶緊閉的房間與他共處，她一定捨不得這樣驚擾他的。

約莫是古瑞格蛻變後的一個月，對妹妹來說已無特殊理由對古瑞格的外表感到驚訝了，有一回她比平常早來，撞見古瑞格一副令人驚駭的模樣站在窗邊，動也不動地望向窗外。要是妹妹不進來的話，古瑞格並不會感到意外，因爲他站在那裡只會阻礙開窗，而妹妹也眞的沒有進來，她甚至退回去，把門關上了。若有陌生人看見，一定會以爲古瑞格在裡面埋伏，想伺機咬她。古瑞格當然是馬上躲在長沙發底下，但他得等到中午，正當妹妹再過來的時候，她看來比平常更加不安。此時他明白了，原來他的樣貌一直都讓妹妹無法忍受，日後也會一直這樣下去，而她應該也做出了不少犧牲，克服障礙，使自己在看見他的身體時，不要因此拔腿就跑，哪怕只是從長沙發下露出來的一小部分身體。爲了避免讓妹妹看見這些，某一天，他頂著一塊亞麻布在自己的背上——他花了四個小時來執行這項工作——將布鋪在長沙發，一邊整理，使自己完全被遮蔽，讓妹妹儘管俯身彎腰也看不見他。若她認爲這塊亞麻布並沒有必要鋪上，她可以將它取下，因爲讓自己這樣徹底隔絕，對古瑞格來說一點也不好玩，這是再清楚不過的事，但她讓亞麻布就這樣鋪著。當古瑞格用頭小心地舉起亞麻布，想要探看妹妹對於新擺設的反應時，他相信自己甚至瞥見了妹妹眼中的一絲謝意。

在起初的兩星期，父母親全無勇氣走進他的房間；他時常聽見他們是如何對妹妹現在的工作表示讚許，從前父母老是對妹妹感到氣憤，因爲她在他們面前就像個一無是處的女孩。現在父親與母親卻時常在妹妹進來整理房間的時候，站在房門外等待；等妹妹一出來，她就得報告新消息，比如房間看來怎麼樣，古瑞格吃了什麼，他這次有怎樣的舉動，是否有些許改善的跡象等等。其實母親很早就想去看古瑞格，但是父親與妹妹卻理智地勸阻了她，古瑞格仔細聽著，也全然同意那些理由。然而，後來大家卻必須用暴力來阻止她，當母親大喊：「讓我去看古瑞格，他是我可憐的兒子啊！我得去看他，你們怎麼會不懂？」然後，古瑞格心想，要是母親進來了，也許是件好事，當然不是每天來，也許一星期一次；她對事情的理解遠超過妹妹，妹妹雖然勇氣十足，到底只是個孩子，也許是因爲那種幼稚與輕率，才讓她敢於接替這項艱鉅的任務。

古瑞格想要見母親的這個願望，很快就要實現了。在白天，古瑞格顧慮到父母，不敢在窗邊出現，若要在地上爬，這裡的地板僅有數平方公尺，也爬不了多久；要他靜躺著，夜裡他已經爲此折騰不少；他也已經不再對食物感到任何的樂趣。爲了讓自己分神，他養成了在牆壁與天花板上面來回爬行的習慣。他特別喜歡倒掛在天花板，那感覺完全異於平躺在地板上；在那裡可以盡情地呼吸，讓輕微的晃動感受穿透自己的身體；當古瑞格倒掛在上面，他幾乎進入了愉悅的恍神狀態，他做了不可能發生的事情，連自己也感到驚訝——他放開自己，啪一聲落到地面上。但他的身體在這樣的重力之下，當然是與從前不一樣了，歷經這麼大的墜落，他的身體毫髮無傷。此刻，妹妹馬上發現了這項古瑞格給自己找到的新娛樂——他在爬行之中四處留下他黏液的蹤跡——而且爲了讓古瑞格能夠大範圍地爬行，她一心想搬走阻礙通道的家具，尤其是所有的櫃子與書桌。可是這不是她可以獨力解決的，又不敢向父親求助，女傭一定也不願意幫忙，因爲這個年方十六的女孩，在之前的廚房女傭解職後，便勇敢地撐下來；她曾經提出特殊要求，允許她讓廚房的門一直鎖著，只有接受命令時才會打開。因此妹妹別無他法，只有在父親不在時帶母親過來。母親走來也一片歡天喜地，但當她走到古瑞格的房門前時，卻是一片沉默。首先當然由妹妹探看房裡的一切是否沒問題，然後才讓母親踏進去。古瑞格連忙將亞麻布往下拉，讓它起皺，彷彿整塊布只是偶然被丟在長沙發上。古瑞格這次也刻意不在亞麻布底下窺看母親；他放棄這次見母親的機會，只是很高興她終究還是來了。「進來吧，他不見人影。」妹妹一邊說著，顯然是一邊用手牽著母親走進來的。現在，古瑞格聽見兩個孱弱的女人將那向來沉重的舊櫃子挪動位置的聲音，而妹妹也向來承擔大部分的工作，不肯聽母親的勸，總擔心她過度勞累。爲此她們花了很長的時間。約莫一刻鐘過後，母親說，寧可將櫃子放在原處，一來它太重了，她們肯定無法在父親回來以前完成，最後櫃子只能在房間中央，擋住古瑞格的去路；再者，她們也不確定搬走家具是否對古瑞格好。母親持著相反的看法——她覺得看著空蕩蕩的牆壁會使人心情抑鬱；難道古瑞格不會感到自己早已習慣了屋內的家具，因此房間淸空反而會使他感到荒涼？「若非如此，」母親輕聲地下結論，幾乎像講悄悄話那般，好避免古瑞格聽見談話的聲音，儘管她不知道古瑞格藏身何處，也一直相信古瑞格聽不懂這些話，「若非如此，我們把家具都搬走，不就是在表示我們放棄了古瑞格康復的希望，還要無情地丟下他，讓他自生自滅？我認爲，最好的辦法是我們盡量讓他的房間維持原樣，這樣一來，等古瑞格回到我們身邊時，他會發現一切都沒變，也會比較容易忘記這當中所發生的事情。」

在聽見母親這番話之後，古瑞格意識到自己缺乏與人親近的交談，在家庭中又與這單調的生活連繫著，兩個月下來，他幾乎要精神錯亂了，因爲他自己也無法解釋，何以自己後來會鄭重希望房間能被淸空。難道讓這溫暖的，充滿祖傳家具且布置舒適的房間蛻變成一個洞穴，對他有什麼樂趣可言？當然這樣他便可以自由無礙地往四面八方爬行，但同時也會迅速且徹底地忘記，自己在過去曾是個人類。現在已離那種遺忘不遠了，只有那久未聽聞的母親的聲音，才喚醒了他。沒有東西應該被搬走；所有的一切都應該留下來，家具帶給他良好的影響，是他所不可或缺的；就算家具阻礙了他的去路，迫使他不能漫無目的地四處爬，那反而是一件有益而無害的事。

可惜妹妹的想法截然不同；她已經習慣在談論古瑞格的事情時，在父母親面前扮演一種專家的角色，這其中不無道理，而現在母親的建議對妹妹來說倒是理由充分，她不僅堅持要搬開起初想及的櫃子與書桌，而且還要將全數的家具通通撤除，僅有不可或缺的長沙發例外。會提出這樣的要求，當然不僅是因爲孩子的反抗心，與前些日子透過辛勤努力意外換來的自信；事實上，她也觀察到古瑞格需要許多空間爬行，家具頂多只能被觀賞，在裡面一點用處也沒有。也許是少女在這樣的年齡會有的狂熱性情在此也起了作用，使人一有機會便想滿足這樣的欲望，如今也誘使葛莉特決意讓古瑞格的狀況變得更加可怕，然後她便可以爲他承擔更多事。因爲這樣一個由古瑞格獨自統領的空蕩蕩的房間，大概除了葛莉特之外，再也沒有人敢隨時進去了。

因此，她不讓母親改變她的決心；母親在這房間裡顯得忐忑不安，旋即沉默著，一邊協助妹妹將櫃子使勁地往外搬。如今，在萬不得已的情況下，古瑞格還可以沒有櫃子，但是書桌必須留下。兩個女人才剛剛唉聲嘆氣地將櫃子推出去，離開了房間，古瑞格便從長沙發底下伸出頭來探看，想知道自己能怎麼小心且盡可能體貼的方式干涉此事。然而，很不幸地，母親剛巧先回來，葛莉特在隔壁房間正抱著櫃子，想自己搬它，櫃子左右搖晃，卻沒法被搬動。母親不甚習慣古瑞格的樣貌，他或許會把她嚇出病來，因此古瑞格連忙驚慌失措地往後跑，退到長沙發的另一頭。隨著這樣的移動，他沒法防止亞麻布也跟著往前移一些；這樣便足以引起母親的注意了。她的腳步停頓，瞬間靜止不動，然後走回葛莉特那裡去。

儘管古瑞格總不斷地告訴自己，並不是發生了什麼天大的事情，只是有些家具調動了位置，但這一切卻令人感到混亂——一如他之後不得不承認的那樣——女人們進進出出，她們小聲的叫喊，家具劃過地面的嘎吱聲，這一切猶如巨大的紛亂自四面八方襲捲而來，他得將頭與腳緊緊地蜷曲起來，將身體壓在地面上，他不能不說，再這樣下去他會忍受不了。她們爲他清空房間；取走他所喜愛的一切；用來存放鐵絲鋸與其他工具的櫃子，現在也讓她們搬出去了；如今，她們開始鬆動那深深埋進地板的書桌，那曾是他念商學院、念市立中學，甚至是念國民小學時寫作業的地方。他眞的沒有時間去揣測這兩個女人所懷的好意，而且他幾乎忘了她們的存在，因爲她們已經完全累垮，工作時默不作聲，人們只聽見那啪搭啪搭、沉重的腳步。

就在兩個女人靠在隔壁房間的書桌上歇息，想趁機喘口氣時，他就這麼衝了出來，四度改變了奔跑的路向，他實在不知道自己應該率先搶救什麼，便看見一幅肖像顯眼地懸掛在已然清空的牆面上，裡面的婦人穿戴著層層純呢絨衣裝；古瑞格急忙爬上去，將身體緊貼著玻璃，它被玻璃支撐著，使他發燙的肚子一下子舒服了起來。至少這張被古瑞格遮住的肖像，一定不會被任何人拿走。他扭動自己的頭，轉向客廳門的方向，好觀察兩個女人是否回來了。

她們並未獲得太多休息就又回來了；葛莉特的手臂環繞著母親，幾乎要將她抱起來。「那我們現在要搬什麼呢？」葛莉特說著，一邊環顧四方。她的眼神在牆面上與古瑞格的視線交會。或許是因爲母親在場，她保持鎮定，把臉湊向母親，以免她四處張望，她一邊顫抖、不假思索地說：「走吧，我們要不要回到客廳待一會兒？」古瑞格很清楚妹妹的意圖，她想將母親帶到安全的地方，然後再將他從牆上趕下來。好啊，她大可以試試看！他坐在肖像畫上面，不肯把畫交出來。若要如此，他寧可一腳跳上葛莉特的臉。

然而，葛莉特的話卻使母親非常不安。她退到一旁，瞥見那有花紋圖案的壁紙上有著巨大的褐色斑點，她大叫著，還沒意識到自己看見的其實是古瑞格，她用沙啞的聲音呼喊：「噢上帝，噢上帝！」然後便攤開雙臂倒下了，那模樣彷彿是她放棄了一切；她倒在長沙發上，一動也不動。「喂，古瑞格！」妹妹喊道，同時舉起拳頭，一臉怒目。那是自古瑞格蛻變以來，妹妹當面對他說的第一句話。她跑到隔壁房間，想取些香精油，看看能否將母親從昏厥之中喚醒。古瑞格也想幫忙——搶救那幅畫還有時間——然而他已緊緊與玻璃相黏，非得用暴力才可以掙脫；然後他也跑進隔壁房間，彷彿他能像從前一樣，給妹妹一些建議；他只能無所事事地站在妹妹身後，妹妹正在各種不同的小瓶子中翻找，當她轉過身來，又被驚嚇，一個瓶子落到地上，摔碎了；一個碎片傷到了古瑞格的臉，某種腐蝕性的藥水流到他身體四周；葛莉特沒有多作停留，她盡可能拿了許多小瓶子，跑向母親那邊，她用腳踢著，砰一聲關上門。如今古瑞格很可能因為這場過錯，而與母親天人永隔了；他不能打開門，因為他不願意嚇跑陪在母親身旁的妹妹；古瑞格別無他法，只有等待；他受到自責與憂慮所苦，他開始攀爬，越過一切不住地爬，牆壁、家具、天花板，然後在自己的絕望中墜落，彷彿整個房間開始天旋地轉；最後，他落在一張大桌子中央。

過了一會兒，古瑞格虛弱無力地躺在那裡，四周一片靜寂，或許那是個好兆頭。這時門鈴響了。女傭自是困在廚房中，葛莉特應該去開門。父親回來了。「發生了什麼事？」那是他的第一句話；葛莉特的表情大抵洩露了一切。葛莉特回答的聲音悶悶的，顯然是她將臉埋進了父親的胸膛：「母親剛才昏倒，但現在已經好多了。古瑞格逃出來了。」「我就料到事情會發生，」父親說，「我一直跟你們說過，可是你們女人就是不聽。」古瑞格心裡明白，葛莉特過於簡短的報告只會讓父親往壞處想，以為是古瑞格用暴力犯了這場錯誤。古瑞格現在得努力讓父親息怒，但是古瑞格既無時間也無機會向父親解釋這些，於是他逃到自己的房間門邊，緊貼在門上面，如此等父親從前廳走進來時，就會看到古瑞格正乖乖地、一心想回到房間的模樣，這樣一來，也就沒有趕他回房的必要，而只需要把門打開，他便會馬上消失在視線裡。

然而父親卻沒有心情去注意這些細微之處；他才進門便用一種既忿怒又歡喜的聲調「啊！」一聲喊道。古瑞格把頭從門邊縮回來，抬頭看著父親。父親現在站在那裡的模樣，眞不是他從前想像得到的。尤其是最近，他浪費了太多時間在研究各種嶄新的爬行姿勢，不像從前可以照顧家中的大小事，否則，如果遇到家中情況有什麼改變，他其實該有心理準備的。話雖如此——話雖如此，眼前的這位還是父親嗎？從前，當古瑞格因出差而溜出門旅行時，這個男人是疲憊地深埋在床上躺著的，他會在兒子歸家的那晚穿著睡袍、坐在扶手躺椅迎接他；他絲毫沒有能力站起來，只透過抬高雙臂表現他的欣喜。在一年難得幾次與家人的散步當中，通常是在星期天或重大節日的時候，他會走在古瑞格與母親之間，母子兩人已經在前頭慢慢走，他走得更慢些，全身裹在他的舊大衣裡，始終小心翼翼地拄著手杖、步履艱辛地前進，若有什麼話想說，總會先停下來，幾乎定住不動，然後將伴他行走的人拉過來。眼前的這位是否還是當時的父親呢？如今他昂揚地站著，身穿帶有金色鈕扣、筆挺的藍色制服，像銀行工友的穿著；在束高而僵硬的衣領上，延伸出他強韌的雙下巴；在濃密的眉毛下，有一雙黑眼睛炯炯有神地逼視著前方；那一頭平日蓬亂的白髮，現在則被梳得細緻有餘，甚至分邊往下梳，閃閃發亮。他拋去自己的帽子，上面有金色的花押字母，也許是某家銀行製作的商標。帽子像一道弧線穿越整個房間，往長沙發的方向落下。他的手拂開制服襯衫的長下襬，然後伸進褲子口袋，帶著惱怒的表情走向古瑞格。他自己一定也不知道，下一步該做什麼；他只是把腳抬得奇高，古瑞格於是被父親巨大的靴底嚇得目瞪口呆。但他不能一直這樣下去，他從新生活的第一天開始就知道，父親認爲只能以最嚴厲的方式待他。所以他在父親的面前跑著，等到父親停下腳步，他也跟著停下來，而當父親開始移動時，他又急忙往前跑。就這樣，兩人在房裡繞了好幾圈，並沒有發生什麼決定性的事情，整個情況由於速度緩慢，也顯得不像是一場追逐。因此古瑞格只是一直停留在地板上，因爲他擔心，如果他逃到牆上或天花板，父親會認爲這些是惡意的行徑。然而古瑞格還是得說，他沒法忍受這樣無止境地跑下去，因爲父親只要走一步，他就得進行無數的動作。他開始感到呼吸困難，彷彿在早年的時候他就不曾擁有一副值得信任的肺。他一路跌跌撞撞，將所有的力氣集中在奔跑，眼睛幾乎沒有睜開來；他知覺遲鈍，除了奔跑，他完全沒有想到其他的脫逃方式；他幾乎已經忘記四面牆壁正空在他面前，儘管這裡被精雕細琢得充滿尖角的家具堵住了——此時，有個什麼東西被輕拋過來，從他身旁飛過，然後滾落在他面前。那是一顆蘋果；馬上又飛來第二顆；古瑞格驚嚇地站在那裡；繼續跑是沒有用的，因爲父親已經下決心對他進行轟炸。他從餐具櫃上的水果盤中取來蘋果，塞滿口袋，然後全無瞄準、一顆接一顆地丟。這些紅色的小蘋果如通電一般，在地上激烈地四處滾動，相互碰撞。一顆力道較輕的蘋果拋來，撫過古瑞格的背然後滑下來，他毫髮無傷。另一顆蘋果緊接著向他飛來，直直命中他的背；古瑞格想拖著身體往前走，彷彿透過地點的變換，他便可以無感於這突如其來的劇痛；然而他卻感覺被釘住一般，在所有感官皆已錯亂的情況下，伸開四肢躺了下來。他意識模糊地看了最後一眼，瞥見房間的門被撬開，在妹妹的尖叫聲中，母親衝了進來；她穿著襯衣，因爲妹妹爲了設法讓母親在昏厥之中可以舒緩呼吸，爲她解開了衣服，以至於母親往父親的方向跑去時，那鬆脫的襯裙沿路一件件滑到了地上，母親被襯裙絆住腳，踉蹌地走向父親，撲上去擁抱他，與他全然合而爲一——此刻，古瑞格的視線已然模糊——只看見一雙手在父親的後腦勺撫摸著，請求他愛護兒子的生命。

三

這次重傷讓古瑞格苦了一個多月——那顆蘋果一直嵌在他的肉身之軀當中，像個醒目的紀念品，沒有人敢將它取下來——這彷彿是在提醒父親，儘管古瑞格現在的模樣使人厭惡又可悲，他仍是家中成員之一，不應該將他當作敵人來看待，而應該盡家人的義務，將所有的反感嚥下去，除了容忍，還是容忍[3]。

古瑞格因爲受傷，身體也許再也沒法活動了，現在他橫越自己的房間就像一個年邁的傷殘人士般，需要大量的時間——爬高就更不用想了——他的狀態惡化至此，因而也獲得了他認爲非常足夠的補償，那就是每到晚上，客廳的門會被打開，他總是在一兩個小時之前就開始仔細觀察那裡，現在，他可以躺在自己房裡的暗處，人們從客廳看不見他，他卻可以看見家人坐在被照亮的桌子旁，並且經過大家的允准而能夠傾聽他們談話，這與從前是截然不同的。

當然，他們的談話也不再像從前那樣生動活潑了；每當古瑞格在旅館的小房間疲憊得只能鑽進潮濕的被褥時，都會帶著些許的緬懷與渴望，想起那光景。如今則變得非常安靜；父親在晚餐過後很快便在扶手椅上睡著；母親與妹妹則互相告誡對方保持安靜；母親在燈光下垂頭彎腰，爲一家時裝店縫製高級襯衣；妹妹被錄用爲店員以後，晚上修習速記與法文，爲了將來有一天也許可以謀得更好的職位。有時父親會醒來，像是渾然不知自己會睡著，然後對母親說：「今天你怎麼又縫那麼久！」就在母親與妹妹疲憊地相視而笑時，父親旋即又睡去。

父親有種執拗的脾氣，就算回家了也拒絕將工友的制服脫下；正當睡袍無用地垂掛在衣鉤時，父親一身穿戴整齊，坐在他的位子上淺眠，彷彿隨時準備好去

3 此處的「容忍」（dulden）有寬容、忍耐、容許之意。作名詞Duldung時則爲「容忍居留」，用於基督教容忍異邦人、德國容忍異族或難民居於其土地時的態度或法令。中世紀以降，猶太人即在容忍居留與遭受迫害之間遊走。

上班，且在此聽候上司的發落。因此，這件原本就不大新的制服，儘管有母親與妹妹的悉心照料，也漸漸不再乾淨整潔。古瑞格時常整晚看著這件髒得不能再髒的衣服，上面的金色鈕扣被擦得晶亮，映照在衣服上。老人在這身衣裝之中顯得很不舒服，卻睡得非常安穩。

直到時鐘敲響十點，母親立即輕聲喚醒父親，勸他上床去；因爲在這邊並不是正式的睡眠，而這對六點就得上班的父親又格外必要。然而自從父親當了工友以後，便開始了這種執拗的慣習——儘管他會固定在桌旁睡著，卻總是堅持在那裡待得久些——最後大家只得費盡千辛萬苦，才請得動他，讓他從扶手椅換到床上去。無論母親與妹妹如何好言相勸，他只是緩慢地搖頭，十五分鐘之久，然後閉著眼睛不願起身。母親拉拉他的衣袖，在他耳邊說些奉承的話，妹妹也丟下功課去幫忙母親，可是這些對父親一點用也沒有。他只是在他的扶手椅裡沉陷得更深。直到這兩個女人從他的左右兩腋扛起他來，他才睜開眼睛，輪番看著母親與妹妹，口中不時叨唸：「這就是我的人生。這就是我晚年的安詳生活。」父親被兩個女人支撐著，費盡九牛二虎之力才起身，好似他的身體對自己而言就是最沉重的負荷，他讓自己被兩個女人運到門邊，使眼色示意她們離開之後，不倚靠人兀自走去；此時，母親趕緊隨手丟去她的縫紉用具，妹妹也急忙丟過她的羽毛鋼筆，好追上父親，照料他上床。

在這個工作過度且勞累不堪的家庭裡，如果不是萬分必要，誰還會有時間去照顧古瑞格呢？眼看家計一天比一天緊張，如今女傭也被解雇，一名瘦骨卻魁梧的鐘點女工，頭上簇擁著白髮，早上與晚上來做最粗重的工作；其餘家務則全由母親在繁多的縫紉工作之餘料理。尤有甚者，從前母親與妹妹極其歡喜地趕赴宴會慶典時，身上穿戴的各種傳家珠寶，也都賣掉了，那是古瑞格晚上聽見大家討論該賣出多少錢時才得知的。最可悲的始終是，一家人沒有辦法搬離這個對他們當下處境而言過於寬敞的房子，因爲他們想不出讓古瑞格遷居他處的方法。但是古瑞格大抵看穿了這些，他們並不只是因為顧慮到他而阻礙了遷居的事情，因為他們大可以將他放在一個大小適中、上面有些孔洞以通風的箱子，然後輕易地將他搬運；妨礙一家人換房子最主要的原因，更多是因為全然的絕望，以及被一場不幸所重擊的思緒；這在他們的親戚朋友當中，還沒有發生過。這世界對窮人所要求的事情，他們到底是做盡了；父親為銀行的小職員端來早餐，母親為著陌生人的襯衣犧牲奉獻，妹妹依顧客的命令，在櫃檯後面來回地跑；如果事情再多些，一家人已無力能及。當母親與妹妹把父親送上床之後回來，兩人把工作放在一旁，臉貼著臉，緊挨在一起坐著時，古瑞格背上的傷也像新傷一樣，開始發疼。此時母親的手指向古瑞格的房間，說：「把那道門關起來，葛莉特。」古瑞格再度置身黑暗之中，鄰房的女人們交織著淚水，或者淚已流乾，呆滯地凝視桌面。

古瑞格幾乎在失眠的情況下度過日日夜夜。有時他心想，等下次門打開時，他會像從前一樣，將家裡的事再度攬在手中；過了許久，在他的腦海裡又出現了老闆、經理、店員與學徒的身影，還有駑鈍的工友、其他商行的三兩好友、鄉下某間旅社的女僕、一段稍縱卽逝的愛的回憶，他曾苦苦追求一位帽店的女出納員——所有的一切摻雜陌生或遺忘的人出現，對他與他的家庭卻沒有幫助，他們全都遙遠不可及，當他們消失時，古瑞格感到高興。然後他不再有心情煩惱家裡的事，只是對於差勁的照料滿懷忿懣，儘管不知道自己的食慾何在，他仍計畫著如何成功進入食物儲藏間，就算肚子不餓，也要取得他應得的食物。現在，妹妹再也不去思索古瑞格特別的偏好，她會在早上與中午趕著上班時，以最快的速度，用腳將隨意一道菜餚推進古瑞格的房間裡，晚上她則冷冷地將食物——也許只被嘗了幾口，更多時候則是完全沒被碰過——用掃帚輕輕地掃出來。如今，她總在晚間才進行的房間清掃工作，一點也沒法快速完成了。髒汙的絲線布滿房間四壁，到處都是裹著灰塵的線團與成堆的垃圾。剛開始時，古瑞格會在妹妹到來時，躲在房間獨特的一角，藉著躲在那裡來間接責備她。然而就算他在那裡待上一整個星期，也無法改善妹妹對他的態度；她同他一樣，看見了髒汙，但卻下定決心置之不理。同時，她似乎被內心一種嶄新的敏感度所喚醒，其實全家人都有著這樣的敏感度，知道整理古瑞格的房間是她的權力。一次，母親用幾桶水爲古瑞格的房間進行了一次大清理，房裡非常潮濕，使古瑞格分外難受，他痛苦不堪、一動也不動地平躺在長沙發上——然而母親還是得到了懲罰。因爲就在妹妹晚上察覺古瑞格的房間有所改變時，她深感被冒犯，迅速奔向客廳，儘管母親舉起雙手發誓，她還是抽噎了起來，父母驚訝無助地看著，父親自是從他的扶手椅上驚跳起來——直到他們開始有所行動——父親開始責備右邊的母親，說她不把古瑞格的房間讓給妹妹清理；然後對左邊的妹妹喊道，說她今後將不再被允許清理古瑞格的房間；母親則試著將激動得不能自已的父親拖進臥房；妹妹在啜泣之中顫抖，同時握著小小的拳頭在桌上敲打；古瑞格發出忿怒的嘶嘶聲，因爲沒有人想到要把門關上，好藏住這喧鬧的情景，不讓他看見。

但是就算妹妹下班回來顯得筋疲力竭，因而厭倦於像往日那般照料古瑞格時，母親也不需要代理她的工作，古瑞格並不會被忽略。因爲還有鐘點女傭在。這位年老的寡婦，總想著在長長的一生中，要用她健壯的骨骼扛過最艱辛的事情，她其實並不會對古瑞格有所嫌惡。有一回，她不小心打開了古瑞格的房門，先前她對那裡從不好奇，如今看見了古瑞格，古瑞格受到驚嚇，儘管沒有人追捕他，他還是開始來回地跑。老女傭把雙手交叉在胸前，目瞪口呆地站在那裡。此後她再也不錯失機會，總會在每天早晚很快地把門打開一些些，探頭進去看古瑞格。剛開始時，她還會用些她自認爲親切的話，比如「老臭金龜，過來一下嘛！」或是「看看那隻老臭金龜！」對於這樣的攀談，古瑞格無所回應，卻是一動也不動地留在原地，彷彿那道門從未被開啟。與其讓這位老女傭興致一來就這樣無端打擾，不如命令她每天來清理房間！有天早晨——一陣驟雨打在玻璃上，也許預示著春天即將到來——老女傭又開始聒噪起來，古瑞格非常惱火，作勢要攻擊她，卻顯得緩慢虛弱。老女傭並不感到畏懼，只是將擺在門口附近的椅子舉高，她張大嘴巴站在哪裡，顯然是在說，非要等到她手中的椅子擊中了古瑞格的背，那嘴巴才會閉上。正當古瑞格轉過身時，她問：「怎麼，不繼續了嗎？」然後便靜靜地把椅子放回角落。

如今，古瑞格幾乎不再進食了。只有在偶然走經備好的菜餚時，他才會玩耍般地抓一些食物放進嘴裡，含在口中幾個小時之後，古瑞格大多會把它們再吐出來。起先他想，也許是對自己房間的狀態感到憂傷，所以阻礙他了進食，但他卻很快地安於房間的改變，就這樣順從遷就著。大家開始習慣將無處安置的東西放進這房間，如今這些物品爲數不少，因爲家裡把一個房間租給了三個男人。這三位嚴肅的男人，每個都蓄著絡腮鬍，而且一如古瑞格曾經透過門縫發覺的那樣，他們格外注重整潔，不只在他們的房間裡，而是打從他們開始在這裡租屋的時候，便非常注重整個家、特別是廚房的整潔。他們無法忍受無用或者骯髒的廢物。此外，他們也自己帶來了大部分的家具。由於這個原因，許多東西變成多餘，它們既不能賣，也不好丟。所有這些流落到古瑞格的房間，連廚房裡的舊罈子與垃圾箱也不例外。只要是目前用不到的，老女傭就會以飛快的速度將它們揮進古瑞格的房間；古瑞格往往也很幸運，只看得見那些物品，與握住它們的那雙手。老女傭的意圖也許是，看將來有什麼時機可以把這些東西再拿出去，或是找機會一次把它們都扔了，事實上，要不是古瑞格穿行在這些破銅爛鐵當中，需要移開它們的話，它們全都留在被拋進來時的原處，起初他被迫如此，因爲沒有其他的空間可供爬行，後來卻生出了樂趣，雖然他在這樣的徒步漫遊之後，會累得要命而且悲傷，然後又杵在那裡數小時之久，一動也不動。

由於三位房客有時會在家裡共進晚餐，客廳的門在晚上有時是關著的，但古瑞格早就不對開門有所指望，甚至有幾晚，當門開著的時候，他並沒有善加利用，卻躺在房間最陰暗的角落裡，沒有讓家人發現。有一次，老女傭將通往客廳的門打開了一點點，它於是這樣半開著，直到晚上房客進來，把燈打開。他們坐在桌邊，那是從前父親、母親與古瑞格坐的地方，他們展開餐巾，手裡握著刀叉。母親馬上端著一盤肉出現在門口，妹妹則端著一盤高高堆疊的馬鈴薯，緊貼在她身後。食物熱氣蒸騰。房客們俯身端詳眼前端上來的盤子，像是要檢驗食物，確實，坐在中間、之於另外兩位顯得權威的那位，眞的切開了一塊盤子裡還沒動過的肉，顯然是想查看煮得是否夠嫩，是否有必要送回廚房重做。他感到滿意，母親與妹妹緊張的臉龐於是鬆了一口氣，露出了笑容。

儘管現在全家人在廚房吃飯，父親在進到廚房之前，會先走到客廳來，對著其中一人鞠躬數次，帽子拿在手上，如此繞桌一圈。房客則全員起身，嘴巴藏在鬍子裡喃喃低語著。等到剩下他們時，他們在全然的緘默之中繼續吃飯。古瑞格覺得奇怪，在各式各樣吃食的聲音當中，他總是一直聽到牙齒咀嚼的聲音，像是在告訴古瑞格，人需要牙齒才能吃飯，否則，頜骨再如何健美，沒有牙齒也是徒勞。「我肚子餓了，」古瑞格自語，顯得憂心忡忡，「但不想吃這些東西。這些房客們壯志飢餐，而我卻在此活活餓死！」

就在這天晚上——古瑞格不記得這段時間以來曾經聽過小提琴聲——如今它卻奏鳴著，從廚房裡傳來。房客們的晚餐已結束，中坐者掏出一份報紙，分給其他兩人各一張，大家背靠著椅子讀報並且抽菸。當小提琴開始拉奏的時候，他們都注意到了，於是紛紛起身，踮起腳尖走向前廳，三人擠在裡面站著。廚房裡定是有人聽見了他們的聲音，因爲父親此時正喊：「是不是這演奏讓各位先生不舒服了？我們可以立卽中止。」「完全相反，」中坐的那位男人說道，「這位年輕女士是否願意來到我們這裡演奏一曲？我們的房間更爲舒適不是？」「哦，太好了。」父親喊著，彷彿他自己就是演奏小提琴的人。三個男人退回房裡等待。父親迅速拿來譜架，母親拿著樂譜，妹妹帶著小提琴走進來。妹妹鎭定地展開所有彈奏需要的東西；父母親由於不曾有過出租房間的經驗，因此對房客的禮節有些過分誇張，他們並不敢坐在自己的椅子上；父親靠在門邊，右手插在整齊扣好的制服上衣的兩個鈕扣間；母親則得到房客的邀請坐下，其中一個男人偶然遞來一張椅子，她便坐在那房間的角落。

妹妹開始演奏，父親與母親各自在兩邊，聚精會神地看著她雙手的擺動。古瑞格被演奏所吸引，於是膽敢往前挪些，他的頭幾乎伸進了客廳。他一點也不驚訝自己近來對別人少有顧慮；從前他時常對這樣的體貼引以為傲。現在他應該有更多的理由把自己藏匿起來，由於他的房間布滿灰塵，一點移動就四處飛揚，因此他全身是灰，線頭、髮絲與殘羹，都在他的背上與身體兩側拖曳著。他對一切漠不關心，也不像從前會在一天當中，多次仰躺在地毯摩擦他的背。儘管狀態如此，他還是毫不羞怯，在客廳一塵不染的地板上挪動了一步。

其實也沒有人注意到他。全家人都沉浸在小提琴的演奏中；房客則恰恰相反，他們先是將手插在口袋，近距離站在妹妹的譜架後方，這樣他們才好看見樂譜的內容，此舉卻干擾了妹妹，他們於是馬上在輕聲談話之中抽身回來，低頭靠向窗邊；他們留在那裡，父親則憂慮地觀察著。這樣顯然是在說，他們以爲會聽到一場優美或者助興的小提琴演奏，卻大失所望，他們已經聽夠了這整場表演，卻還是保持禮貌，讓他們的安寧被打擾。特別從每個人自鼻子與嘴巴向上呼出的雪茄菸，可以推斷出他們的煩躁不安。妹妹其實演奏得非常優美。她的臉斜向一側察看著，同時以悲傷的目光跟隨樂句。古瑞格再往前爬一步，把頭低伏在地面，盡可能想攫住她的目光。若他眞是一隻動物，音樂何能如此感動他？對他而言，眼前似乎出現了一條路，指引他走向渴盼的、不知名的食糧。他決心往前挪動到妹妹身邊，拉扯她的裙襬，好向她表示，希望她帶著小提琴到古瑞格的房間去，因爲在這裡演奏給任何人聽都不值得，只有古瑞格是眞的聽衆。他再也不願意讓妹妹從他的房間離開，至少在他有生之年都會這樣。他可怕的外表首度對自己產生了幫助；他想同時守住每一道門，對著侵略者咆哮。妹妹卻是不可以強迫的，而要讓她自願留在那裡；她應當同他一起坐在長沙發上，垂下耳朵傾聽，於是他敢於承認，從前是很明確地要送她上音樂學校的，要不是因爲這當中發生的不幸，他本想不顧任何反駁，在上一個聖誕節說出來——聖誕節不是早就過了？妹妹要是聽見這些話，一定會感動得哭出來，而古瑞格則會抬高身體，搭著妹妹的肩，並親吻她的脖子；自從妹妹開始上班以後，就再也不繫頸巾或穿戴領飾了。

「參薩先生！」中坐的那位先生對著父親大聲喊道，然後一語不發，用食指指著正在緩慢向前移動的古瑞格。小提琴突然靜默下來，中坐的房客先是吃驚地搖頭，一邊對著朋友微笑，再望向古瑞格。父親似乎認爲先安撫房客比趕走古瑞格來得更爲必要，儘管他們其實非常鎮定，而古瑞格對他們而言，顯得比小提琴演奏有趣多了。他急忙走過去，手臂張得開開，敦促他們回房，同時用身體遮住古瑞格，不讓他們看見。現在他們眞的有些惱怒了，不知道是因爲父親的行爲，還是因爲現在才意會到，原來他們有著古瑞格這樣同屋的鄰居而不自知。他們要求父親給出解釋，一邊舉起手臂，不安地捻著鬍子，然後慢慢地朝向他們的房間撤退。妹妹在演奏突然中斷之後，陷入一片孤獨與迷惘，然後，她的雙手垂落好長一段時間，仍捧著小提琴與琴弓；妹妹努力想要克服這些，於是假想自己還在演奏，她望著樂譜，幾度想要振作，最後忽然將樂器丟到母親懷裡，奔向隔壁的房間；母親這廂仍坐在椅子上，她呼吸急促，肺部劇烈運作，而房客們在父親的敦促之下，已快步靠近了隔壁的房間。妹妹巧手俐落地將床上的棉被與墊褥迅速鋪開並整理。房客們還沒進到房間，她便已備好床鋪，一溜煙消失了。父親執拗的個性再度出現，他忘了不能對房客有失尊重，這本是他應該盡的義務。他只是不斷地催促再催促，直到抵達房門口，中間的那位男人雷霆大發地頓足之後，父親才停住了腳步。「在此我聲明，」他舉起雙手說道，眼睛不忘看著母親與妹妹，「有鑑於這屋子與家庭裡充滿著令人反感的情況，」——這時，他斷然吐了一口痰在地上——「此刻我宣布解除房間租約。關於已經住過的期間，那些房租我當然一毛都不付，相反地，我會考慮對您提出金錢賠償的要求——請您相信，賠償的理由非常容易成立。」說完，他沉默地看著前方，像是在等待什麼。果眞，另外兩位友人立刻接腔道：「我們也卽刻解除租約。」緊接著，他抓住門把，砰一聲猛力地關上門。

父親的雙手一路摸索，搖搖晃晃地回到他的椅子上，他讓自己沉陷般地坐在那裡，看來就像平日晚上習慣的那樣，癱在椅子上睡著，但他不停劇烈地點頭，顯示了他一點也沒睡。這段時間，古瑞格一直靜靜待在房客發現他的地方。由於計畫失敗的絕望感，也許還有過度飢餓導致的虛弱，使得他沒有辦法移動身體了。因爲某些確信的事情，他開始擔憂下一刻會有令人崩潰的事在他身上爆發，他等待著。卽便小提琴從母親顫抖的指尖滑落，從懷中掉了下來，發出響聲，也沒有使古瑞格受到驚嚇。

「親愛的父母親，」妹妹說，一手敲向桌子作爲引言，「不能這樣下去。也許你們沒有看清，但我看清楚了。在這個怪物面前，我不願意說出我哥哥的名字，我只想說——我們必須努力擺脫這一切。我們已經盡了人力之所及，去照顧它，去容忍它；我相信，沒有人能對我們提出任何責難。」

「她說的千眞萬確。」父親喃喃自語。還一直無法順利呼吸的母親，她的手摀住嘴，帶著精神錯亂般的眼神，開始乾咳起來。

妹妹連忙跑到母親身邊，扶住她的額頭。父親似乎因爲妹妹的話語而開始了某些想法，他端坐起來，在房客晚餐後留在桌上的餐盤之間，把玩他的工友帽，間或望著靜默不動的古瑞格。

「我們必須努力擺脫這一切，」這次妹妹僅僅對著父親說，因爲母親在咳嗽之中什麼也沒聽見，「它會害死你們，我知道那會發生。像我們大家要這麼辛苦工作，回到家是沒有辦法忍受這種無盡的痛苦的。我也沒辦法再忍受了。」她情緒激動地開始哭泣，眼淚往下滴，流到了母親臉上，母親擦拭眼淚，那手擺動的姿勢呆板如機械。

「孩子，」父親充滿同情與萬般理解地說，「但我們該做什麼？」

妹妹聳聳肩，顯得一籌莫展，在哭泣之中，她失去了先前的信心，現在反倒變得不知所措了。

「要是他能聽懂我們的話。」父親半信半疑地說。妹妹持續哭泣，伸出手拚命地搖，表示那是想也別想的事。

「要是他能聽懂我們的話，」父親重複道，透過閉起眼睛，在內心認真思索妹妹所說的不可能，「然後也許我們能跟他達成協議。但像這樣……」

「它必須走，」妹妹喊道，「這是唯一的辦法，父親。你只需要設法擺脫它是古瑞格的想法。我們一直相信這件事情那麼久，這是我們真正的不幸。但是它怎麼可能是古瑞格呢？如果它是的話，那它早就該認清人類跟這樣一隻動物共同生活是不可能的事，然後它該自願走掉才對。我們可以沒有哥哥，但還是可以繼續活下去，然後把他當成珍貴的懷念。可是這隻動物卻跟蹤、迫害我們，把房客驅逐出去，顯然是要吞掉整個房子，讓我們露宿街頭。看啊，父親，」她忽然大喊，「它又開始了！」在古瑞格完全無法理解的恐懼之中，妹妹甚至拋開母親，生硬地從椅子上迅速逃開，彷彿她寧願犧牲母親，也不願意靠近古瑞格；她急忙跑到父親背後，父親僅僅因爲她的行爲而激動了起來，他站起來，在妹妹面前將手臂抬得半高，作勢要保護她。

然而古瑞格一點也沒有想過要嚇唬什麼人，更別說是自己的妹妹。他只是開始轉身，想走回自己的房間，由於痛苦的身體狀況，他連轉身都覺得困難，需要用頭來協助才行，好幾次他都得將頭抬高，再甩到地上，因此動作顯得非常顯眼。他止住腳步並且望向四周。他的善意似乎被大家看了出來；那驚嚇只是暫時的。如今每個人都沉默且悲傷地看著他。母親躺在扶手椅，雙腿伸直且併攏，疲憊得幾乎閉上了眼睛；父親與妹妹則比鄰而坐，妹妹的手放在父親的頸子上。

「現在我也許能夠轉身了。」古瑞格想著，便又開始了他的行動。他無法壓制住勞累產生的喘息聲，而且不時需要喘氣休息。況且他既無人聞問，也沒有人會催促他。當他完成轉身的動作時，他立卽開始直直地往回挪動。他驚詫著隔在自己與房間當中的距離，完全無法理解自己身體虛弱，怎麼能夠在剛剛渾然無覺地走完同樣的路。他一心只想著爬得快些，幾乎沒有注意到，家人沒有以說話或叫喊來打擾他。當他來到門口的時候，才轉過頭去，因爲頸部僵硬，他無法完全掉頭，無論如何，他還是看見了身後的事物無所改變，只有妹妹站了起來。最後，他的目光觸及了母親，她正沉沉地睡去。

他一進房，門便被迅速關起，閂上並鎖住了。古瑞格身後突如其來的響聲使他驚嚇著，細小的腳像快折斷一般。是妹妹如此這般匆忙著。她早已直挺挺地站在那裡等待著，步履輕盈地縱身一躍，古瑞格一點也沒有聽見她來了，正當她轉動鎖孔中的鑰匙時，她向父母大喊一聲：「終於！」

「現在該怎麼辦？」古瑞格自問，然後在黑暗中張望著。他很快地察覺自己完全不能動了。對此他並不感到驚奇，更確切地說，他反倒覺得身體要靠這些細小的腳來往前移動，是不自然的事。況且他現在覺得相對舒適多了。雖然他渾身疼痛，但是對他來說，這些疼痛彷彿會漸弱再漸弱，終將逝去。在他背上腐爛的蘋果，以及周圍發炎的部位，已經完全被柔軟的塵埃所覆蓋，他已沒有知覺。他回想起他的家人，充滿感動與愛。關於他必須消失的這個想法，他也許比妹妹來得堅定。他停留在此虛空寧靜的深思之中，直到塔樓的大鐘敲響了凌晨三點。窗外破曉的天色漸亮，他也還經歷著。然後他的頭如喪志一般，沉甸甸地垂下去，從他的鼻孔中，湧出最後一絲微弱的氣息。

清晨，當老女傭過來時——不管先前人們已經勸她過幾回，她依然用力且急忙地關上所有的門，讓整間屋子裡的人因爲她的到來而無法安穩地睡——她在這一如往常的短暫來訪當中，起初沒有發現任何異樣。她想，他刻意一動也不動地躺在那，裝出忍辱負重的樣子；她對他的心思瞭若指掌。因爲她剛好拿著長掃帚在手上，便從門口過去，想幫古瑞格搔癢。當這個動作徒勞無益時，她生氣了，於是用力戳進古瑞格的身體；當古瑞格毫不反抗地停在原位讓她推去，她便覺得不尋常了。不久，她認清了事實的眞相，於是瞠目結舌地發出了噓聲，卻不願久留，而是扯開臥室門，大聲地朝著黑暗叫喊：「你們看哪，它翹辮子啦；它躺在那裡，整個翹辮子啦。」

參薩夫婦在他們的老婚床上端坐起來，他們得先克服對老女傭的驚懼，才有辦法對她的通報明察秋毫。然而後來參薩先生與太太卻雙雙從各自的方向，以最快的速度下了床，參薩先生迅速將毛毯披在肩上，參薩太太則只穿睡袍走出來；他們如是踏進了古瑞格的房間。在這當中，客廳的門也打開了；自從房客搬進來以後，葛莉特都睡在這裡；她穿戴整齊，彷彿一夜沒睡，她蒼白的臉色也足以證明。「死了？」參薩太太說著，她帶著疑惑仰望著老女傭，儘管她明明可以自行求證這一切，甚至不需要求證就可以看出來。「我想是的。」老女傭說著，爲了證明，她用掃帚將古瑞格的屍體往旁邊推了一大步。參薩太太作勢要攔住掃帚，卻沒有行動。「現在，」參薩先生說，「現在我們可以感謝上帝了。」他劃了十字聖號[4]，三個女人也照著他做。葛莉特的視線始終沒有離開屍體，她說：「看吶，他好瘦。他也已經好久沒有吃東西。食物怎麼進去，就又這麼出來了。」確實，古瑞格的身體全然地乾癟，此刻大家才看清楚他，因爲他不再需要被細小的腳支撐，也沒有其他東西阻礙視線了。

「來，葛莉特，進來我們這裡一會兒。」參薩太太帶著悲傷的微笑說著，葛莉特屢屢回望那屍體，然後尾隨父母走進臥房。老女傭關上門，把窗戶完全打開。儘管是清晨，新鮮的空氣已經混合了微微的溫暖。現在已是三月底了。

4 劃十字聖號爲天主舊教的禮儀手勢，基督新教極少或不使用。相對於德國新教，卡夫卡所生存的奧匈帝國時期與波希米亞地區皆屬天主舊教。

三位房客步出他們的房間，環顧尋找早餐未果，大感驚訝；大家已經將他們忘記了。「早餐在哪裡？」中間站著的男人不悅地問老女傭。她則用手指抵住嘴巴，沉默卻又急促地向房客們揮手，示意他們進到古瑞格的房裡來。他們果真前來，此時房間已完全被照亮，他們圍著古瑞格的屍體站著，雙手插在有些老舊的外套口袋。

此時臥房的門開了，參薩先生穿著他的制服出現，一手搭著太太，另一手搭著女兒。三人的眼睛都哭得有些紅腫；葛莉特不時將她的臉埋在父親的手臂下。

「請您即刻離開我的房子！」參薩先生說著，一邊指著大門，依然擁著兩個女人不放。「您這是什麼意思？」中間那位男人顯得有些驚愕地說，卻假意地微笑著。另外兩位則將手放在背後，不住地摩拳擦掌，高興地期待一場最後必要由他們獲勝的大爭吵。「我的意思就是剛剛所說的那樣。」參薩先生回答，他與兩位女伴並列成一線，往房客的方向走去。起先他靜靜地站在那裡，望著地板，彷彿腦中的東西正在編組一個新秩序。「那麼我們就走吧。」他說著，忽然有種突如其來的謙卑感，隨即仰望著參薩先生，好似這樣的決定也要徵得他的同意。參薩先生只是睜著大眼睛，對他點了幾次頭。然後那位先生便眞的立即大步走向前廳；他的兩位朋友爲專注聆聽，已經停止摩拳好一會兒，他們即刻跳向他，緊跟在後，好似在害怕參薩先生會先他們一步進到前廳，阻礙他們與領袖的連繫。在前廳，那三人從掛衣鉤取下帽子，從手杖架中抽出他們的手杖，默默一鞠躬，然後離開屋子。參薩先生臉上寫著莫名的猜疑，與兩個女人一起走到玄關處；他們靠著欄杆，看著這三個男人如何以緩慢而持續的步伐走下長長的階梯；他們在每一層樓轉彎的時候消失不見，頃刻間又露出身影；他們往下走得愈深，參薩一家對他們的興趣就愈見消逝。此時，向著他們迎面而來，行經他們而愈加高而遠的，是一名肉販學徒，他的頭上頂著籮筐，帶著自傲的姿態往上爬；不久，參薩先生與女人們便離開了欄杆，每個人顯得如釋重負，返回他們的屋子。

他們決定用休息與散步來打發這一日；他們不僅應得這樣的工作間歇，甚至他們務必需要這空檔。於是他們坐到書桌前，寫了三封請假信，參薩先生寫給管理部，參薩太太寫給委任工作的老闆，葛莉特寫給店主。他們正在寫信的時候，老女傭進來了，她說她要走了，因爲早晨的工作已經結束。三個正在寫信的人起先只是點點頭，不曾抬眼望她，直到發現老女傭遲遲不肯離去，便惱怒地抬頭望。「怎麼？」參薩先生問。老女傭一臉微笑地站在門口，好似她要爲這家人報告什麼天大的喜事，但除非他們眞要問個詳細，否則她是不會說的。有根小小的鴕鳥羽毛直挺挺地立在她的帽子上，在她工作的這段時間以來，參薩先生總看不順眼，一見即怒，如今這羽毛兀自朝著各種方向輕輕搖曳。「您到底想怎樣？」參薩太太問，她還是老女傭最敬重的人。「呃，」老女傭回答著，由於她親切熱情地大笑了起來，以至於無法馬上繼續說話，「關於隔壁的那個廢物該怎麼處理掉，這您不需要擔心。已經都安排好了。」參薩太太與葛莉特垂下頭，想繼續寫信；

參薩先生察覺到老女傭想開始詳細描述一切，便伸出手表示拒絕。她既不被允許說明，便猛然想起自己要趕時間，以一副被冒犯的姿態喊：「各位再見了。」她放肆地轉過身去，在一聲關門的巨響之下離開了屋子。

「晚上她就會被解雇了。」參薩先生說著，他的妻子與女兒卻都沒有回應，因爲老女傭似乎擾亂了她們難得的平靜。她們起身走到窗邊，停在那裡相擁著。坐在扶手椅上的參薩先生轉過頭去，靜靜地注視她們一會兒。然後他喊道：「還是過來吧。過去的事情就讓它過去。你們多少也要顧慮到我啊。」女人們立即照辦，連忙過去親暱地安撫他，並且快速地把信寫好了。

然後，三人一同離開了屋子，這是幾個月以來不曾有過的舉止，他們搭乘有軌電車來到城外郊區。車廂被溫暖的陽光照亮了，裡面只有他們三人。他們愜意地靠在座位上，談論著未來的展望，目前看來，前景似乎不差，因爲三個人都被聘雇，彼此還來不及相互打聽職務，他們的工作都極其有益，對未來大有指望。

改善處境的當務之急，就屬更換住所了；這次他們想要一間較小、較便宜，但位置更好且更爲利便的房子，不要像現在由古瑞格所挑選的那間屋子那樣。正當他們聊天之際，參薩夫婦眼見他們的女兒愈來愈有生氣，兩人不約而同地有感而發，近來雖然禍事不斷，使她的兩頰蒼白，如今卻出落得亭亭玉立了。他們漸漸安靜起來，下意識地交換著眼神，心想現在正是爲她物色一個好夫婿的時候。當電車到站，女兒率先起來，伸展她青春的身體時，這對父母而言，彷彿是他們新夢與美意的明證。

在流刑地

In der Strafkolonie

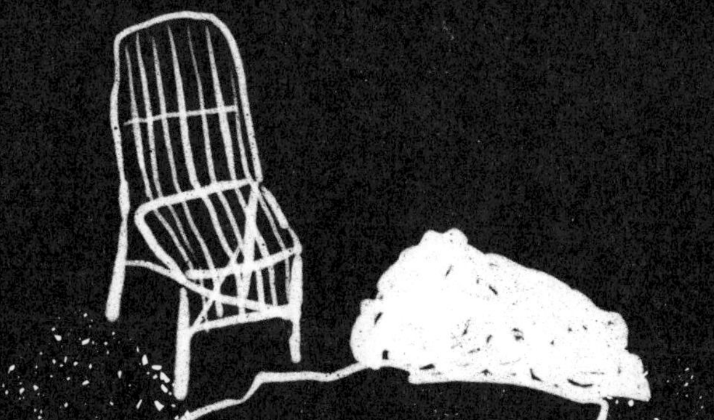

「這是一部奇特的機器。」軍官對從事研究的旅行者說，並以讚嘆的眼神觀看這部對他來說非常熟悉的機器。這位旅行者看來只是出於禮貌而答應司令官的邀請，列席一名士兵的處決式。這位士兵由於不服從命令，且侮辱長官，因而被判了死刑。在流刑地，這項處決似乎引不起人們多大的興趣。至少在這個被光禿禿的斜坡圍繞著的、草木不生的小小深谷之中，除了軍官與旅行者之外，只有一位愚昧駑鈍、蓬頭垢面且闊嘴的死囚，以及一位手持沉重鎖鏈的士兵在場，有些小鎖鏈在底下拖曳著，接連扣住囚犯的腳踝、手腕與頸項，每條鎖鏈同時也盤根錯節地相連。這位囚犯看來如此卑躬屈膝、充滿奴性，予人一種假象，好似人們可以放他自由，任他在斜坡上奔跑，只需要在處決前吹口哨，呼喚他回來即可。

旅行者對於這部機器顯得了無興趣，他在死囚身後來回踱步，表情顯得淡漠，此時軍官正在做最後的準備工作，一會兒爬在深掘於土中的機器底下，一會兒爬上梯子檢查機器的上半部。這其實應該是要留給機械師傅處理的工作，但軍官以極其熱情的態度完成它，若非他是這部機器的崇拜者，就是出於其他理由無法將這份工作安心交託給別人。「現在一切都完成了！」末了他大喊，然後爬下梯子。他疲勞極了，張大嘴巴喘息，然後將兩條細緻的女用手帕塞進頸後的制服領口。「這些制服在熱帶地區顯得太厚重了。」旅行者如是說，卻沒有如軍官期待的那樣，詢問關於機器的事。「的確，」軍官說道，同時將被油汙弄髒的雙手伸進早已備妥的水桶中搓洗，「但它們代表故鄉；我們不願失去故鄉——現在，請您看看這部機器。」他立即補充道，然後用一塊布將手擦乾，同時指著那部機器。「在這之前，人工操作還是必要的，現在卻只需要機器自己運作就行了。」旅行者點點頭，跟在軍官後面。爲了給自己留餘地，他說：「之前當然曾經發生故障；雖說我希望今天什麼狀況都不會發生，總還是要先預想到這些。這部機器應該要能夠連續運轉十二個小時。即便有故障發生，應該也只是小問題，而且可以立即被排除。」

「您不坐下嗎？」最後他問，從成堆的藤椅當中拉出其中一把，請旅行者坐；旅行者無法推辭，便坐在一個坑穴的近旁，並朝裡頭粗略地看了一眼。那坑穴並不很深，外面的一邊有掘出的泥土堆疊成土堤，另一邊則置放著機器。「我不知道，」軍官說，「司令官是否已經向您解說這部機器？」旅行者比出一個不確定的手勢；如此正合軍官的意，因爲現在他可以自己解說這部機器。「這機器，」他說著，手握一根搖桿，然後靠在上面，「是我們前司令官的發明。我在最初的實驗階段就一起工作了，直到最後完成，每項工作我都有參與。當然發明的功勞全屬於他。您是否聽過我們前司令官？沒有？現在要是我說，整個流刑地的建設全是他的傑作，這一點也不爲過。我們身爲前司令官的朋友，在他過世的時候就知道，流刑地的建設已經很完整，以至於繼任者卽便有成千個新計畫在腦中，至少在往後許多年，都無法改變舊有的建設。我們的預言都應驗了；新任司令官也不得不承認。可惜您不認識前司令官！——不過，」軍官中斷了談話，「我只顧著閒聊，卻忘了這部機器就在眼前。如您所見，它共分爲三部分。隨著時光流逝，每一個部分都開始發展出自己的俗稱。底下的部分叫底床，上面的部分叫繪圖機，中間浮動的部分則叫作釘耙。」「釘耙？」旅行者問道，他並沒有注意聽，太陽耀眼地垂掛在無蔭的山谷，使人難以集中精神。因此他對於眼前的軍官更感欽佩，他身上裹著參加閱兵式一般的軍服，軍章沉甸甸地掛在肩上，還有幾條綬帶垂下來，他竟能夠熱情地說明自己的工作，此外，他說話的時候，還能夠同時拿著一把螺絲起子，不時地四處修理，旋轉螺絲。那位士兵與旅行者的狀態顯得相似，他用囚犯的鎖鏈圈住自己的手腕，一手撐在步槍上，垂著頭無所事事。旅行者並不感到驚訝，因爲軍官說法語，而無論士兵還是囚犯，一定都聽不懂法語。儘管如此，囚犯仍顯得非常努力且吃力地想跟從軍官的指示。他昏昏欲睡，卻故作堅定地望向軍官指示的方向，此刻軍官被旅行者的問話打斷，他的眼神也跟著軍官，望向了旅行者。

「對，釘耙，」軍官說，「這個名字很貼切。上面的針排列像耙那般，就算只在一個小地方上面運作，也比別人巧妙高超許多。您很快就可以了解這是怎麼一回事。在底床上，囚犯會躺在那裡——我會先解說一遍機器，然後再讓它實際操作。這樣您會比較容易了解。而且繪圖機裡面有一個齒輪磨壞了；運轉的時候它會嘎吱作響，聲音刺耳得使人幾乎聽不見說話聲。可惜這裡難以取得替換的零件——看，這是我剛剛說的底床，上面覆滿了棉花，您很快會知道它的功能何在。囚犯會腹部朝下，趴在這些棉花上面，當然是赤裸著身體了；這裡綑住手，這裡綑住腳，這裡綑脖子，用這條皮帶將他環扣起來。床頭這邊，像我剛剛說的，頭朝下俯臥的地方，有一根小小的氈毛棒，它很容易調節，可以剛好塞進囚犯嘴裡。它的功能是防止叫喊與咬斷舌頭。當然囚犯必須要含住氈毛棒，否則脖子上的皮帶會讓他斷頭的。」「這是棉花？」旅行者問，同時向前彎下身子。「當然是了，」軍官微笑著，「您自己摸摸看，」他握住旅行者的手，領著它往底床去，「這是一種特製的棉花，表面上看不出來，我會再說明它的功能。」旅行者開始對這部機器產生了一點興趣；他用手遮著眼睛，抵擋太陽，仰望那部機器。眞是偉大的構造。底床與繪圖機規模相當，看來像兩只深色的箱子。繪圖機裝在底床上方約兩公尺處，兩者的四個角分別以四根黃銅棒連接，在陽光下閃閃發光。在兩個箱子之間，有釘耙在一條鋼帶上懸浮著。

軍官先前幾乎沒有察覺到旅行者漠不關心的態度，現在卻注意到他開始表現出來的興趣；因此他停止了解說，好讓旅行者有足夠時間不被打擾地觀察。囚犯也模仿旅行者的舉止，由於他無法將手放在眼睛上，便瞇起眼睛，讓沒有遮蔽的雙眼向上望。

「所以囚犯是躺著的。」旅行者說完，將背靠在椅子上，雙腿交叉。

「是的，」軍官說，他推了推帽子，手撫著發熱的臉，「請您聽著！無論是底床還是繪圖機，都裝有自己的電池；底床的電用來發動自身，繪圖機的電則是用在釘耙。只要有人被綑在上面，床就會開始動。它的震幅微小，速度卻很快，同時朝上下左右擺動。您在療養院應該會看見相似的機器；只是我們的床精算了所有的震動，也就是說，它必須跟釘耙的震動完全一致。判決眞正的執行，則交給了這個釘耙。」

「到底是怎樣的判決呢？」旅行者問。「這您也不知道？」軍官吃驚地說，然後抿著嘴唇，「請原諒，也許是我的解說不夠有條理，在此我向您道歉。從前的解說是由司令官負責的，新任司令官卻怠忽這項光榮的義務；可是像您這樣高貴的人物大駕光臨，」——旅行者伸出雙手，表示不敢當，軍官卻堅持這樣尊敬的辭令——「像您這樣高貴的人物光臨，卻沒有告知您我們的判決形式，這又是一件新奇的事，眞是——」他差點罵出髒話，才到嘴邊卻忍了回去，只說道：「我並未被知會此事，過錯並不在我。況且我是最有能力說明判決形式的人，因爲我手上握有，」——他拍著胸前的口袋說——「前司令官的親筆手繪圖稿。」

「前司令官的親筆手繪圖稿？」旅行者問，「難道他是全才？集軍人、法官、設計師、化學家與繪圖員於一身？」

「沒錯。」軍官帶著沉思凝滯的目光點頭稱是。然後他審視自己的雙手；它們顯得不夠乾淨，不能去碰那圖稿，於是他走到水桶邊，再洗了一次手。隨後他掏出皮製公文夾說：「我們的判決聽起來並不嚴厲。囚犯所觸犯的規約，最後會用釘耙寫在他的身體上。例如這名囚犯，」——軍官指著那男人——「他的身上會被寫下：『尊敬你的長官！』」

旅行者匆匆瞥了那人一眼；當軍官指著他時，他低下頭，好像集合了所有聽覺有關的力量，好能夠聽見什麼。然而他緊緊抿住而鼓脹的嘴唇，顯示出他什麼也聽不懂。旅行者有種種問題想發問，眼見這男人，卻只說出：「他知道自己的判決嗎？」「不。」軍官回答著，想要繼續解釋原因，但旅行者打斷了他的話：「他不知道自己的判決？」「不知道。」軍官又說，然後停頓半晌，好像在等待旅行者對這樣的提問給出進一步的理由，接著說：「現在向他宣布是沒有用的，他會從他的身體上知道一切。」旅行者想沉默下來，卻發現囚犯將目光投向了他，那目光似在詢問，他是否能贊同剛剛陳述的過程。旅行者本來已經靠在椅背，便因此把身體向前傾，問道：「但他總該知道自己被判了刑吧？」「也不知道。」軍官對著旅行者微笑著說，好似在期待他再陳述一些特別的事。「不會吧，」旅行者邊擦著額頭邊說，「這麼一來，這個男人現在也還不知道自己的辯護怎麼被處置嗎？」「他沒有機會爲自己辯護。」軍官眼睛望向遠處說，像在自言自語，以免述說這些對他而言理所當然的事，讓旅行者感到羞恥。「他一定有過爲自己辯護的機會。」旅行者說，一邊從扶手椅上站起來。

軍官體認到解說機器會有耗費太長時間的危險。於是他走到旅行者身旁，搭著他的肩，一手指著囚犯，囚犯發現大家都注視著他，便豎直了身體站著——士兵也拉緊了鎖鏈——他說：「事情是這樣的，我在這個流刑地被委任法官職務。

雖然我還年輕，但是過去前司令官每每有刑事案件需要處理的時候，我總是從旁支援，所以我最了解這部機器。我做事的原則是——罪咎永遠毋庸置疑。別的法庭無法遵照這個原則，因爲他們人口衆多，而且還有更高等的法庭在上面。這裡的情況不同，或說至少在前司令官任內，情況不是這樣。儘管新任司令顯示了想干預我執法的興趣，目前我都成功拒絕了，將來也會這樣繼續。您想要我對此案清楚說明；這就像其他的案子一樣簡單。今天早晨，一名上尉提出了告發，指出這個被分派爲勤務兵並且睡在他門口的男人，在執勤的時候睡著了。他有義務要在每個整點鐘響的時候起立，在上尉的門前敬禮。這當然不是什麼困難的義務，卻是必要的，因爲他應該要爲了站崗與執勤而精神抖擻地站著。昨夜上尉想查看勤務兵是否履行義務，於是在鐘敲兩點時打開門，發現他蜷縮著身子睡著了。上尉取來馬鞭，打在他的臉上。勤務兵沒有站起來請求原諒，卻抓住主人的腿，搖晃著他喊道：『丟開鞭子，不然我把你吞了。』——這就是全部的案情。上尉在一個鐘頭前來到我這裡，我將他的陳述記錄下來，緊接著寫判決書。然後我讓這男人銬上鐵鏈。一切都很簡單。要是先把這男人傳來訊問，只會發展出羅生門。他會說謊，如果我駁斥了他的謊言，他又會拿新的謊言來替代，如是繼續。現在我捉住他，不讓他逃走了——這樣是否說明清楚了呢？然而，時光飛逝，處決應該要開始執行，我卻還沒有解說完這部機器。」他再三敦促旅行者坐回扶手椅，然後又走向機器，開始說：「如您所見，這釘耙與人體的形狀相配；這是上半身用的釘耙，這是雙腿用的釘耙。頭部則交給這把小尖刀。這樣您明白了嗎？」他親切地俯身朝向旅行者，儼然準備好了要開始詳盡解說。

旅行者皺起眉頭，看著釘耙。關於法庭程序的解說，並無法使他滿意。無論如何他得承認，這裡是流刑地，必須執行特別的措施，且徹頭徹尾都得採用軍事的方式。此外，他對新任司令官寄予希望；司令官顯然刻意放慢速度，想建立一個新的程序，這是軍官狹隘的思想所不能及的。在這樣的思路之下，旅行者問：

「司令官會列席處決嗎？」「不知道，」軍官答，這個突如其來的問題使他感到難堪，原本親切的面容也跟著失色，「所以我們現在得趕時間了。非常抱歉，我現在的講解必須長話短說了。但我可以在明天，當機器再度清理乾淨的時候——這部機器會弄得很髒，這是它唯一的缺點——我會再進一步補述說明。現在我只說最必要的——當這個男人躺上底床，並且開始震動時，釘耙就會落到他的身上。釘耙會自動調節，讓身體只碰到針尖，待調節完成，那條鋼繩就會立刻拉緊，僵直如棍棒。好戲就這樣開始。一個門外漢從外觀是無法區分各種刑罰的。釘耙看似千篇一律地工作，它們的針尖在顫動之中刺入被床顫動的身體。為了使每個人都能夠檢查判決的執行，釘耙便以玻璃製成。為了把針尖固定在裡面，曾經有過一些技術上的困難，不過經歷多次試驗，還是成功了。我們已經竭盡全力。所以現在每個人都可以透過玻璃，看見那些字句如何銘刺在身體上。您想不想靠近一點看這些針尖？」

旅行者緩緩起身，走上前去，彎下腰看著釘耙。「您看，」軍官說，「兩種針尖，多種排列。每個長針旁邊都有短針。長針用來刺字，短針則噴水洗去血跡，使刺出來的字保持清晰。血水會被導入一個凹槽，然後流入主要溝渠，最後透過排水管流進坑穴。」軍官用手指詳細指出血水流通的路向。爲了讓形象生動，他用雙手在排水管的出口接著，旅行者這時抬起頭，雙手向後摸索著，想回到扶手椅那邊去。此時他驚訝地看見，囚犯也同他一樣，接受了軍官的邀請近距離參觀釘耙的設施。囚犯用鐵鏈將睡眼惺忪的士兵往前硬拉了幾步，然後俯身在玻璃上。只見他眼神猶疑不定，想尋找兩位先生正在觀察的東西，但由於缺乏講解，因此屢屢不成功。他彎著腰東張西望，眼睛不住地在玻璃上搜索。旅行者想把他趕回去，因爲他的行爲很可能會受罰。但軍官伸出一隻手制止旅行者，另一隻手則從土堆中挖出泥塊，往士兵身上丟。士兵被猛力一擊，抬眼看見竟是囚犯如此膽大妄爲，於是丟下步槍，以鞋跟頓足跺地，然後將囚犯往後一拉，囚犯當即倒下，士兵俯視著，看他在地上掙扎，鐵鏈叮噹作響。「拉他起來！」軍官喊道，他發現旅行者被囚犯弄得相當分心，甚至將身體探過了釘耙，不再對釘耙感到興趣，卻只想知道囚犯那邊發生了什麼事。「小心處置他！」軍官又喊道，然後繞著機器跑來，他親手扶著囚犯的腋窩，囚犯的雙腳不住地打滑，在士兵的幫助下，他們將囚犯拉了起來。

「現在我已經知道一切了。」當軍官回來的時候，旅行者這樣說。「還差最重要的一點，」軍官擒住旅行者的手臂，然後指著上面說，「在繪圖機裡面有一個齒輪組，它可以決定釘耙的移動，而且這個齒輪組會依照判決書的行刑繪圖而排列。我還沿用前司令官的繪圖。它們在這裡，」——他從皮製公文夾中抽出幾張紙——「只可惜我無法將它們交到您手中，這是我所擁有最珍貴的東西。請您坐下，我在近處指給您看，這樣您會看得清楚些。」他指著第一張圖。旅行者本想說些讚美的話，卻眼見如迷宮般、密麻交錯的線條，濃重地覆在紙上，得花些工夫才好找出留白處。「您讀讀看。」軍官說。「我讀不懂。」旅行者說。「這很清楚。」軍官說。「這畫非常高明，」旅行者語帶迴避地說，「可是我卻沒辦法解讀。」「是啊，」軍官說，笑著把公文夾放進衣袋，「這可不是給小學生用的習字帖，讀懂它要花時間。您最後一定會讀懂的。它當然不是什麼簡單的字體；並不是要馬上把人殺死，而是平均需要十二小時，到了第六小時，通常會有一個轉折點。在這些字體周圍必須加上許多裝飾，使眞正的字體像細腰帶環繞著身體一般，身體其餘的部分都留給裝飾圖案。現在您是否對釘耙與整部機器的運作感到欽佩了？——您瞧！」他跳上梯子，轉動其中一個輪子，然後向下面喊道：「注意，請靠邊站！」然後機器開始運轉。如果輪子沒有發出嘎嘎的響聲，那麼一切將多麼壯觀。軍官被發出響聲的輪子所驚嚇，只得握拳往輪子揮去，隨後又帶著歉意對旅行者張開雙臂，匆匆爬下梯子，從下面觀察機器的運轉。只是他發現還有一些地方不對勁；他又往上爬，雙手伸進繪圖機的內部，爲了爭取時間，他沒走梯子，而是很快地沿著銅棒滑下來，他喊叫著，好讓自己在噪音之中被聽見，他聲嘶力竭地在旅行者耳邊喊：「您了解過程了嗎？釘耙開始寫字了；當它在犯人背上寫完第一排字的時候，棉花層會開始轉動，將身體慢慢翻轉過來，好讓釘耙有新的空間可以寫字。在這當中，被刺過字的受傷部位會靠在棉花上，經過特殊處理爲傷部立卽止血，準備好讓字刺得更深。這裡可以看到釘耙邊緣的尖齒，它們會在翻轉身體的時候，把傷口的棉花撕下，拋入坑穴中，釘耙於是可以繼續工作了。它們在十二小時長的時間裡，如是把字刺得更深。前六個小時，囚犯幾乎一如往常，只感到疼痛。兩小時後，氈毛棒才會被取下，因爲囚犯已無力氣喊叫。這裡會放一鐔電力加溫的熱粥在床頭，只要囚犯有心情，就可以伸長舌頭舔來吃。沒有人錯失這個機會。我經驗老到，沒有人例外。直到第六個小時，囚犯才會失去進食的意願。然後我通常會跪下來觀察這個現象。囚犯極少嚥下最後一口，只是讓食物在嘴裡翻攪，最後往坑穴裡吐。我得俯身彎下腰去，否則東西就吐到我臉上了。那囚犯到第六個鐘頭時，會變得多麼安靜！這時候最笨的人也能頓悟。一切從眼睛開始，由此延展開來。那景象如此誘惑，使人不禁想躺在釘耙底下。之後沒有事情發生，囚犯只是開始解讀文字，他噘起嘴巴，似在凝神靜聽。您看見了，用肉眼去解讀這些文字並不容易；但囚犯是用身體的傷來解讀的。這自然是費力的事情；他需要六個小時完成這項工作。最後，釘耙會將他的身體整個叉起來，扔進坑穴，讓他啪噠一聲，落入血水與棉花之中。至此處決就算結束，而我與士兵負責將他埋起來。」

旅行者傾斜著身，對軍官洗耳恭聽，他雙手插在大衣口袋，望著機器運轉。囚犯也一無所知地望著。他稍微彎下身，眼睛跟著針尖擺動，此時士兵得到軍官的授命，舉起刀子從囚犯身後的襯衫與褲子劃下去，讓衣服脫落；囚犯想抓住落下的衣物，好掩蔽自己的赤身裸體，士兵卻一把將他高高舉起，讓他身上殘破的衣衫抖下來。軍官關上機器，在此刻陷入的靜默當中，囚犯被安置在釘耙底下。

鐵鏈解開了，改捆上皮帶；起初，這對囚犯來說幾乎意味著放鬆。現在釘耙向下降得更深，因爲囚犯很瘦。當針尖碰到身體時，他的皮膚開始戰慄；當士兵忙著綁住他的右手時，他伸出左手卻不知何往，那手剛好向著旅行者所站之處。軍官從旁定睛看著旅行者，意欲從他的臉上讀出對這場處決的印象，至少軍官已粗略解說了執刑過程。

用來綑綁手腕的皮帶斷了，也許是士兵拉得太緊的緣故。軍官應當來協助，士兵將斷了的皮帶拿給他看。軍官向他走去，然後回過頭來看著旅行者，說：「這部機器構造複雜，總會有斷裂，需要修修補補；但是不要讓這些事情影響了整體評估。皮帶的問題可以馬上解決，我會用鐵鏈代替；這樣一來，右手臂震動時的靈敏度會受到妨礙。」他在安裝鐵鏈的時候又繼續說：「用來保養機器的經費被大幅削減了。前司令官在任的時候，還有一筆這方面的專款可以供我自由運用。當時這裡有間倉庫，裡面儲存了各式各樣的替代零件。我承認當時幾乎是以揮霍的方式使用它們，我指的是過去，而不是現在，像新任司令官堅稱的那樣，那些話不過是用來消滅舊設備的藉口罷了。現在，他親自管理這部機器的經費，若我派人去領新的皮帶，他便會要求呈上斷掉的那條作爲憑證，然後新的要十天後才送到，而且還是劣質品，沒什麼用處。在這段期間，我沒有皮帶要怎麼讓機器運轉，完全沒有人關心。」

旅行者忖度著——對他國事務進行決定性的干涉，總是充滿疑慮。他既非流刑地的居民，也非其所屬國家的公民。如果他想譴責這項處決，或想加以阻撓，人們可以對他說——你是外國人，安靜點。如此一來他也無緣置喙，只能補述道，自己並不懂此事，旅行只是想多看看，從沒想過要去改變他國的法庭程序；而這裡發生的事情卻誘惑著他。司法程序的不公，處決方式的不人道，這都毋庸置疑。沒人能說旅行者有著怎樣的利己之心，因爲那名囚犯與他素昧平生，也不是他的同胞，根本無須施予同情。旅行者手上有上級官員的推薦信，是被隆重而禮貌地接待的，由於他受邀出席這次的處決，這甚至顯示了上級要求他對這次的法庭程序做出評判。當他正清楚聽見，司令官並不支持這樣的審判過程，還屢屢與軍官敵對的時候，一切又更不證自明了。

此時，旅行者聽見軍官的一聲怒吼。軍官正努力將氈毛棒塞進囚犯的嘴巴，而囚犯則忍不住一陣噁心，閉上眼睛，隨即嘔吐了。軍官連忙將他的頭扯高，脫離氈毛棒，想將他的頭轉到坑穴邊；但一切已太遲，穢物已經沿著機器流下。「全是司令官的錯！」軍官喊道，一面無意識地搖晃黃銅棒，「這部機器被搞髒成豬圈了。」他用顫抖的雙手指給旅行者看，眼前發生了什麼事。「我不是花了好幾個鐘頭解釋，想讓司令官明白處決的前一天不該給犯人進食嗎？可是這個新人走溫和路線，意見就是不同。在囚犯被押走之前，司令官身邊的女士們在他的喉嚨塞滿了糖果。終生靠腐臭的魚肉維持生命的人，現在卻得吃糖！但這倒也可能，我並不想反對，但是爲何我三個月前就請求購置一根新的氈毛棒，到現在還辦不下來？這根氈毛棒被上百個人在臨死時吸著咬著，怎麼可能有人現在含著它卻不噁心？」

囚犯把頭放下，看起來很平靜，士兵則忙著用囚犯的襯衫擦拭機器。軍官向著旅行者走來，旅行者因著某種預感而往後退一步，此時軍官卻握住他的手，將他拉到一旁。「我有些話想單獨與您談談，」他說，「我可以嗎？」「請便。」旅行者答道，隨即垂下眼睛聽取談話。

「剛剛您難得目睹且讚賞的審判程序與處決過程，目前在我們的流刑地，已經不再有人公開支持了。我是唯一的支持者，同時也是繼承前司令官遺志的唯一代表人。關於程序的擴充，我已經不敢再想，我用盡全力去維持現有的狀態。當老司令官還在世時，整個流刑地都是他的支持者；老司令官的說服力，我只擁有一部分，但是他的權力，我卻完全沒有；也因此，支持者都躲了起來，不知去向。這些人還有很多，卻沒一個敢承認。若您在今天，這樣一個處決的日子，走進一間茶館四處聽聽，您也許只會聽見語義雙關的談話。這些人全是支持者，可是在現任的司令官底下，還有他那樣的觀念下，這些人對我來說毫無用處。現在我問您——難道應該爲了這個司令官，還有那些影響他的女人們，而將這樣畢生的傑作，」——他指著那部機器——「給毀了嗎？可以允許這樣的事嗎？就算是個外國人，在我們的島上只待幾天而已？但已經沒有時間可以耽誤了，有人正在準備提出反對我的審判權力；司令部裡的諮詢會議，已經不請我參加了。甚至您今天的來訪，對我也算表明了事態，他們卑鄙怯懦，於是把您這樣一個外國人送過來——從前的處決行刑是多麼不同！在處決的前一天，這裡的山谷會站滿了人，大家遠道而來只爲觀看；清晨時分，司令官與他的女人們會出現，然後軍號響徹營地；我呈上報告，一切準備就緒；所有的賓客——沒有高官能夠缺席——圍繞著機器排列整齊；這成堆的藤椅就是那個時代遺留下來的可悲的殘骸。機器擦得閃閃發亮，幾乎每執行一項處決，我就更換一次新零件。在數百雙眼睛的注視下——每個觀衆都踮著足尖擠在那裡，直到山丘那邊——囚犯由司令官親手置於釘耙之下。今天區區一個士兵做的事，在當年是我的職務，也就是審判長，這項工作使我光榮。現在，處決開始了！機器的工作和諧無礙。有些人不再注視，而是閉起眼睛躺在沙地上；衆所周知——現在是伸張正義的時刻。在寂靜之中，大家只聽見囚犯含著氈毛棒所發出的悶叫與呻吟。如今有了氈毛棒悶在嘴裡，這部機器再也無法讓囚犯發出更大的呻吟聲了；不過，那時候寫字的針尖會滴出一種腐蝕性的液體，今天已經禁止使用了。就這樣，到了第六個鐘頭！大家都請求從近處看，但是要滿足每個人是不可能的。司令官自有見解，他下令要對兒童特別關照；我則因爲職權之便，總能站在旁邊，我時常蹲坐在那兒，左右兩臂各抱著一個小孩。我們是如何看待那被折磨到昇華成幸福的臉部表情，我們又如何用雙頰沐浴在那終於到來而已然逝去的正義之光！那是怎樣的時代，我的同伴！」軍官顯然忘記了站在他眼前的人是誰；他上前擁抱旅行者，頭靠在他的肩上。旅行者顯得不知所措，焦躁地朝軍官那邊望去。士兵結束了清潔工作，現在還要把粥從鐵盒倒進罈子裡。此時，囚犯看來完全恢復了精神，才發現那罈粥，便激動地撲上去，用舌頭舔食。士兵一再將他推開，因爲那罈粥大抵要晚一點才能喝，然而士兵自己竟把骯髒的手伸進粥裡，在飢腸轆轆的囚犯面前吃了起來，也是相當不得體的。

軍官很快地鎮定下來。「我並非要激起您的同情，」他說，「我知道要讓那個時代在今天被理解，是不可能的。再者，機器依舊運作，爲自己而活動。就算它獨自留在這座山谷，它也爲自己活動著。就算一切不如從前，不再有數百名群衆如成群的蒼蠅聚集在坑穴周圍，遍野的橫屍最後仍會無可理解地翩然飄起，紛紛墜入坑穴。當時，我們還得在坑穴四周裝上堅固的欄杆，如今它們早已被拆除。」

旅行者不想面對軍官，他別過頭去，漫無目的地四處張望。軍官以爲他在觀看這座山谷的荒涼，於是抓住他的雙手，轉過身來，攫住他的目光，問道：「您察覺到此地的恥辱了？」

旅行者卻默不作聲。約莫半晌，軍官不再纏他，自顧自地張開雙腿、手插腰，靜靜站著不動，眼睛看著地面。隨後，他給旅行者一個鼓勵的微笑，說道：「昨天司令官邀請您時，我正在您身旁，聽見了邀請。我了解司令官，也馬上明白他提出邀請的用意何在。雖然他位高權重，大可以反對、干預我，但他還不敢這麼做，卻想透過您這樣一位有聲望的外國人來評判我。他是個精打細算的人。您來到這座島才第二天，不了解老司令官，還有他的想法思維。您囿於歐洲思想的成見，也許還是一個反對死刑的基本教義派，特別對於機器處決的方式，您也看見了，處決並沒有公眾參與，悲涼地用一部就要折損的機器行刑——這樣概括而論（司令官如是想），您難道不會輕易認爲我的執法程序是不對的？而您如果不認爲這是對的，您就不會（我還是依照司令官的思維說話）對此保持緘默，因爲您一定還對自己幾經試煉的信念堅定不移。不過，您見過許多民族不同的民情風俗，也學會尊重他們，因此您應該不至於對這樣的執刑程序全力反對，就像在您自己家鄉會做的那樣。但是這種事情，司令官也完全不需要，只要不經意地透露一些話就夠了。只要表面上能夠迎合他的期望，這些話完全不需要與您的信念一致。我相信，他一定會用各種奸巧的方式盤問你，而他的女人們則會圍坐在一塊兒，豎起耳朵聽；您大概會說『我們那邊的審判程序是另一個樣子』，或者『在我們那兒，被告在判決之前會被審問』，或是『我們那邊還有死刑之外的其他刑罰』，或『我們只有中世紀才有刑求』。這些意見全都是對的，而且您也會覺得它們理所當然，說出來無害，不會侵犯到我的審判程序。但是司令官聽到這些會作何反應呢？我已經預見，我們的好司令官會馬上把椅子推開，衝到陽台去，我也看見了他的女士們是如何簇擁著跟隨他，我還聽見他的聲音——女士們稱它爲雷鳴般的吼聲——現在，他說：『有一位來自西方世界的偉大學者，被任命審查世界各國的審判程序，他剛剛說，我們沿襲傳統古老的審判方式是不人道的。根據如此德高望重之士的評判，我當然也不可能再容忍這樣的程序了。因此，我於今日宣布……』諸如此類。您想插話，說您沒有說過他所宣布的這些話，您沒有聲稱我的審判程序不人道，相反地，您以自己的真知灼見，認爲這是最人道且最有人類尊嚴的方式，您也對這部機器讚嘆不已——但爲時已晚；您沒法去陽台，那邊已經擠滿了女士們，您想讓自己被注意，想要叫出來，卻有位女士伸出手來，摀住您的嘴——而我與司令官的傑作只有灰飛煙滅了。」

旅行者不得不忍住微笑；原來他所認爲艱鉅的任務，竟是那麼容易。他語帶迴避地說：「您高估我的影響力了；司令官讀過我的推薦信，他知道我不是法庭程序審判這方面的專家。若要我提出見解，那也只是我私人的見解，重要性遠不及其他任何人的意見；無論如何，跟司令官的見解相較，就更加微不足道了。就我所知，他在這個流刑地擁有極大的權力。若他對法庭程序的意見是如您所想的那樣舉足輕重，那麼，恐怕不需要我盡棉薄之力，這樣的審判方式自會走向終點。」

軍官已經明白了嗎？不，他仍不明白。他不住地搖頭，並且回頭看了一下囚犯與士兵；他們受到驚嚇，於是停止吃粥。軍官走到旅行者身旁，眼睛不看他的臉，卻看著他大衣的某處，比先前更輕聲地說話：「您不了解司令官；您所處的位置，對他與我們每個人而言——原諒我這麼說——某種程度來看是無害的；請您相信我，您的影響力是不至於被高估的。當我聽聞您會獨自前來出席處決執刑時，我感到滿心歡喜。司令官這樣的安排無非是要對付我，現在我卻能扭轉乾坤，讓形勢有利於我。在參觀人數眾多的處決式當中，不免有旁人的閒言碎語與鄙夷目光，您不受到影響，而能專注聽我解說，看過機器，而現在正要參觀處決的執行了。您肯定已有了確切的評判；若還有絲毫疑慮，觀看過處刑之後定可排除。現在我要向您提出請求——請您在司令官面前幫幫我！」

旅行者沒讓他繼續說下去。「我怎麼能呢，」他喊道，「這完全辦不到。我幫不了您多少，正如我也無法傷害您。」

「您可以的。」軍官說。旅行者看見軍官正握拳，開始有些許憂慮。「您可以的，」軍官更加急切地重複說道，「我有一個必勝之計。您認爲自己的影響力有限。可我知道那是足夠的。我承認您說的對，爲了維護這套審判程序，難道我們不該做出一切努力，就算這些努力可能永遠都不夠？所以，請您聽聽我的計畫。實行這個計畫最重要的就是，您今天在流刑地要盡量保留，不要說出您對這套執刑程序的評判。若無人問起，您切勿表態。您的談話務必簡短而含糊；大家會發現您難以啟齒，對此充滿苦惱，一旦要您公開說，便會忍無可忍地咒罵起來。我不要求您說謊，絕不會；您只需要簡短地回答，像是：『是的，我看過處決了。』或者：『是的，我聽過全部的解說了。』就這些，別說更多。人們應該會察覺您的苦惱，而苦惱的理由倒也充分，即便司令官的想法並非如此。他當然會徹底誤解，然後以他的想法來解釋。我的計畫正是建立在這樣的基礎之上。明天在司令部，將會在司令官的主持下舉行一場全體高級行政官員的大會。司令官自然懂得將這場會議弄得像一場展演。那裡已蓋起長廊，裡面總坐滿觀衆。我被迫參與諮詢，厭惡與反感卻占據我心。無論如何，您現在一定被邀請了要出席這次會議；若您能依照我的計畫行事，那麼請您務必出席。若您因爲無法解釋的任何一個原因而沒受邀請，您就得自行向他們提出要求；如此一來，您就會收到邀請，這毋庸置疑。這樣一來，明天您就和那些女士們一同坐在司令官的包廂席。他會抬頭向上看，好確定您在場。經過各種不同、無關緊要、荒謬可笑，且只爲應付聽衆用的協商議題之後——多爲港口建設，總是港口建設！——接下來就會討論到審判程序了。若司令官這邊沒有提出來，或是遲遲沒有討論到這裡，那麼我就會盡力讓這個話題出現。我會起立，然後爲今日的處決提出報告，言簡意賅，只是報告。雖然這樣報告在那裡並不尋常，但我還是做了。司令官一如往常，帶著友善的微笑容向我致謝，然後，他會按捺不住，逮住良機說話。『剛才，』他會如是或者大抵這樣說，『關於處決的報告被提了出來。我只想針對這份報告提出補充，剛好有位大學者列席了這場處決，諸位都知道，他的到訪使我們的流刑地極爲光彩。今日的會議也因爲他的出席而饒富深意。難道我們不該向這位大學者提問，請教他對於沿襲古老傳統的處決程序有何高見？』現場掌聲如雷，大家一致同意，我的鼓掌最是熱烈。司令官向您一鞠躬，說：『那麼我就代表全體向您請教了。』這時您就走到包廂護欄邊，把手放在欄杆上，讓大家看見，否則那些女士們會抓住你的手，開始把玩手指了。——現在終於到了您說話的時候。在這一刻來臨之前，我眞不知道該怎麼挨過數小時的緊張。在您演說的時候，千萬不要拘束，大聲地把眞話說出來，身體探出欄杆，發出您的怒吼，而且要對司令官大聲地吼出您的意見，您那無可撼動的意見。但也許您不想這麼做，這與您的性格不符，在貴國若有同樣的情形，也許人們會有其他的反應，沒有關係，這樣已經夠了，您完全不用站起來，只需要說幾句話，輕聲地說，只要讓您下面的官員剛好能夠聽見，那就夠了，您完全不必談到那場觀眾寥寥可數的處決、嘎吱作響的齒輪，斷裂的皮帶、還有令人作嘔的氈毛棒，不必，所有其他的事交給我就好，請您相信，我的演講就算不能將他趕出大廳，也會逼得他跪下來承認——老司令官呀，我向您屈服——這就是我的計畫，您願意幫我實現它嗎？您當然願意，而且不止願意，而是必須。」軍官抓住旅行者的左右兩臂，喘息著，眼睛直視他的臉。他大聲喊出最後幾句話，以致士兵與囚犯也注意了起來；儘管他們什麼也聽不懂，這時卻停止了吃食，嘴裡嚼著食物望向旅行者。

旅行者一開始就很確定要怎麼回答；豐富的人生歷練使他在這裡不至於動搖心志；他到底是個眞誠的人，且無所畏懼。即便如此，現在他眼見士兵與囚犯，還是猶豫了片刻。最後他說了必須說的話：「不。」軍官好幾次瞇起眼睛，目光卻始終停留在他身上。「您想聽解釋嗎？」旅行者說。軍官靜默地點頭。「我反對這樣的程序，」旅行者說，「在您尚未取信於我，告訴我內情之前——這樣一番信任，我當然在任何情況之下都不會濫用——我也考慮過自己是否有權干預、反對這項程序，以及我的干預是否只有一點點成功的希望。我很清楚，這樣的事情首先應該向誰說——當然是司令官。您使我更加清楚這一點，但我卻不是因爲這樣的體認而更加堅定我的決心，恰恰相反，您眞誠的信念雖然不能使我改變心意，卻使我感觸良多。」

軍官不發一語，轉向機器，握住其中一根黃銅棒，身體稍稍後仰，望著繪圖機，好似在檢查一切是否運作如常。士兵與囚犯看似已經成爲朋友；儘管囚犯的身體被緊緊綑住，他仍吃力地向士兵做了一個手勢，士兵俯身向他，囚犯悄悄對他說了些話，士兵點頭。旅行者尾隨軍官，並且說道：「您還不知道我的打算。雖然我會將審判程序的見解告訴司令官，但不是在會議上說，而是跟他單獨面對面談；我也不會在這裡待得太久，到最後被拉去列席某個會議。明日一早我便離開，或至少已登船。」軍官看似沒有在聽他說話。「這樣的審判程序並未使您信服。」他自言自語，微微笑著，像個老人因小孩的愚昧無知而微笑，在笑容的背後，則保有他真正的深思。

「那麼，是時候了。」他最後說，忽然用發亮的眼睛看著旅行者，眼神中帶有某種敦促，某種關於參與的召喚。「是做什麼的時候？」旅行者不安地問，卻沒有得到答覆。

「你自由了。」軍官以囚犯使用的語言對他說。囚犯起先並不相信。「現在，你自由了。」軍官說。囚犯的臉上首度出現了活生生的氣息。那是真的嗎？那是否是軍官一時興起呢？還是這位外國旅行者替他求情呢？那是怎麼一回事？所以他一臉疑問，而表情卻很快恢復。無論事情如何，若他被允許的話，他想要獲得真正的自由，於是他在釘耙下容許的空間內，開始用力晃動身體。

「你這樣會把我的皮帶扯斷，」軍官喊道，「別動！我們馬上解開它。」他向士兵做了手勢，兩人便開始動手。囚犯暗自微笑不語，一會兒將臉轉向左邊的軍官，一會兒轉向右邊的士兵，同時不忘看看旅行者。

「把他拖出來。」軍官向士兵命令道。這時候，因爲上面有釘耙，拖出來就需要幾分小心。因犯因爲迫不及待，他的背上已經有幾處小撕裂傷。

現在起，軍官卻不再理會他。他走向旅行者，又抽出皮革文件夾，在其中翻找，最後找到他要的那張紙，便拿給旅行者看。「您讀讀看。」他說。「我讀不懂，」旅行者說，「我已經說了，我讀不懂這些東西。」「請您仔細看清楚這張紙。」軍官說完，走到旅行者身邊，想跟他一起讀。這些行動似乎沒有用，於是他高高提起小指，在紙的上方比劃，好似紙張不許被碰觸，他以爲這樣能引導旅行者閱讀，旅行者努力配合，希望至少能取悅軍官，卻依然無法讀懂。於是軍官開始將標題的拼音唸出來，然後再連起來讀一次。「『要公正！』——上面寫，」他說，「現在您可以讀了。」旅行者彎下腰細看那張紙，軍官怕紙張被觸碰，將它挪得遠些；雖然旅行者此刻不再說話，但顯然他還是沒能讀懂它。「上面寫著『要公正！』」軍官再說了一次。「也許是吧，」旅行者說，「我相信上面是這樣寫的。」

「那好。」軍官說，表情至少有些滿意，然後手持那張紙爬上了梯子；他非常謹慎小心地將那張紙放進繪圖機，然後似是重新將齒輪徹底整理了一次；這是一項非常吃力的工作，因爲其中有許多小齒輪，有時軍官的頭幾乎要埋進了繪圖機，非要這樣仔細檢查齒輪組才行。

旅行者從底下目不轉睛地看著他工作，他的頸子變得僵直，眼睛因爲天空傾瀉下來的陽光而刺痛。士兵與囚犯一起忙著。已經落在坑穴的囚犯襯衫與褲子，被士兵以刺刀尖挑了出來。襯衫髒得可怕，囚犯將它們放在水桶清洗。之後，當他穿上襯衫與褲子時，士兵忍不住像囚犯一樣大笑了起來，因爲衣服的背面被劃成了兩半。也許囚犯覺得自己有義務娛樂士兵，於是穿著被剪得破爛的衣服在士兵面前轉圈，士兵蹲在地上，手拍著膝蓋大笑。但總是要顧慮到先生們在場，他們便克制了些。

當軍官在上面的工作終於結束時，他微笑地俯瞰機身的每個部分，繪圖機的蓋子始終是開的，他用力地將它一次關上，然後爬下來，看看坑穴再看看囚犯，滿意地發現他已經卸下衣服，走到水桶前洗手；他太晚發現水桶裡髒得噁心，遺憾自己不能洗手，便將雙手插進沙子裡——這麼做雖然於事無補，他也只能勉強順應——然後他站了起來，開始解開自己制服的鈕扣。這時，塞在他衣領後面的兩條女用手帕首先掉了下來，落到他手中。「這是你的手帕。」他說著，將手帕拋給囚犯，並向旅行者解釋道：「這是女士們送的。」

儘管他脫下制服的時候顯得匆忙，很快地衣服全解下了，他對每件衣服依然悉心照料，甚至特意用手指撫平軍服上的銀色綬帶，並拍拍流蘇，使其平整。他這樣悉心處理衣服，有件事情卻反差甚大——每當他整理好一件衣服，就帶著不情願的表情，馬上將它丟進坑穴裡。最後剩下的，便是他的短劍與掛帶。他拔劍出鞘，然後把劍折斷，將全部的東西包括短劍、劍鞘與皮帶，一起握在手中猛力地丟出去，然後從坑穴深處傳來了碰撞聲。

如今他赤裸地站在那裡。旅行者咬住嘴唇，不發一語。他雖然知道會發生什麼事，卻無權阻止軍官做任何事。軍官所堅持的審判程序其實就要被廢除——有可能是因爲旅行者的干預，他自己覺得有義務干預——因而軍官現在所做的事全是對的，若旅行者在他的位子，同樣會這麼做。

起初，士兵與囚犯並不明白情況，他們剛開始怎麼也不看一眼。囚犯拿回手帕時非常高興，卻無法高興太久，因爲士兵冷不防地快速伸出手，攔截了手帕，將它們藏在腰帶後面。現在囚犯試著從士兵腰際奪回手帕，而士兵始終戒備著。兩人就這樣演了半齣鬧劇。直到軍官完全赤身裸體時，他們才注意到。特別是囚犯，他像是預感了某種巨大的驟變，發生在他身上的，現在也發生在軍官身上。也許事情會這麼走到極端。也許是這位國外的旅行者下過了命令。這樣是報復。不需要讓自己受折磨到終了，他卻可以展開報復，直到末了。他齜牙裂嘴、無聲地笑著，這表情顯現在臉上，久久不肯退去。

軍官則是已經轉向了機器。就算大家早先就知道他對這部機器非常熟稔，如今看見他的駕馭與機器的聽話，依然會爲此感到驚愕。他只是將手接近釘耙，它們便會上上下下，開始升高與降落，直到它們調整到最適當、可以容下他的位置，才會停下；他只是抓住床緣，底床就會開始震動；氈毛棒迎上他的嘴，看得出來軍官其實並不願意，才猶豫片刻，他便順從地銜住了它。一切準備就緒，只有皮帶還垂掛在兩邊，它們顯然沒有用處，軍官並不需要被綑綁。這時候，囚犯注意到鬆脫的皮帶，他認爲皮帶沒有綑住，處決就不算完成，他急切地向士兵揮手，兩人一同跑上前去，將軍官綑綁起來。軍官已經伸出了其中一隻腳，想推動繪圖機的握柄，讓它啟動；但他見兩人來了，便把腿抽回去，讓自己被他們綁起來。如今不止是他沒法碰到握柄，連士兵與囚犯也無法找到它，而旅行者也決定紋風不動。確實無此必要；那皮帶甫裝上，機器便開始運作；底床開始震動，針尖在皮膚上跳舞，釘耙上下移動。旅行者睜大眼睛看了一會兒，他想起繪圖機裡面有個齒輪應該發出響聲，但現場卻一片寂靜，一點細微的嗡嗡聲都聽不見。

機器靜靜工作，大家對它的注意力也隨之消失無蹤。旅行者望向士兵與囚犯。囚犯精力較為充沛，因此對機器的一切感到興致勃勃，一會兒彎下腰，一會兒挺直身體，他不斷地伸出食指，想讓士兵知道一些事物。這讓旅行者感到窘迫為難。他本來決定待到最後，但眼見兩位如此，他實在無法繼續忍受下去。「回家去吧。」他說。士兵也許早就準備好回家去，但囚犯卻覺得這項命令是種懲罰。他合掌懇求讓他留在這裡，旅行者則搖頭不肯讓步，他甚至跪了下來。旅行者看見這些命令在這裡於事無補，於是想走過去將這兩人趕出去。這時，他聽見上面的繪圖機傳來一陣聲響。他向上看。莫非是那齒輪發生故障？但卻不是如此。繪圖機的蓋子緩緩升起，最後完全打開來。其中一個齒輪的齒露出並升高，很快地整個齒輪顯現，彷彿有某個巨大的力量擠壓著繪圖機，以至於沒有多餘的位子可以容下齒輪，齒輪轉著轉著，直到從繪圖機的邊緣掉了下來，它直直地滾落沙中，然後便定住不動。說時遲那時快，另一顆齒輪已浮現在高處，緊隨在後的是大大小小、許多無法分別的其他齒輪，全部都面臨相同的命運，升高、落下，滾入沙中，終至定住不動；人們以爲繪圖機差不多空了，卻又看見另一組新的齒輪成群結隊出現。囚犯因爲這些事，完全忘了旅行者的命令，那些齒輪使他入迷，總想接住其中一個，同時催促士兵幫忙，還沒接到，另一顆齒輪已經緊接著要落下來，在初轉動時，囚犯已被驚嚇，連忙把手縮了回去。

旅行者恰恰相反，他非常煩躁不安；機器顯然要變成瓦礫殘堆了，它安靜的運轉只是一種假象。他感覺到自己必須照管軍官的工作，因爲軍官連自己都顧不得了。然而當齒輪落下時，他的注意力全被占去，忘了監管機器其餘的部位。而現在，當最後一顆齒輪脫離繪圖機的時候，他才彎下腰去查看釘耙，卻受到了另一項嶄新且更令人忿怒的驚嚇。釘耙不寫字了，它只是刺著；底床也不翻動身體了，而是震動著，將身體往上抬高頂入針尖。旅行者想插手干涉，最好能讓機器停下來，這可不是軍官希望進行的刑求了，這簡直是謀殺。旅行者伸出了雙手。這時，釘耙已將刺穿的身體抬高斜向一邊，像它平日十二個小時的運轉那樣。血流如注，湧流到四面八方，由於水管這次也失靈，血並沒有與水混合在一起。而今最後一步也失靈了，軍官的身體無法從這些長針鬆脫，他的血湧流著，身體就這麼半懸於坑穴，沒有落下。釘耙該要回到原位，但是此刻它彷彿意識到自己的工作未完，重負尚未解除，因此停在坑穴不動了。「快幫忙啊！」旅行者向士兵與囚犯喊道，自己則抓住軍官的雙腳。他想要壓住那雙腳，其他兩人則在另一頭抓住軍官的頭，這樣便能慢慢地把軍官從針尖卸下來。然而這兩位還沒下定決心要過來；囚犯正要轉過頭去，旅行者只得走到他們那邊，強逼他們到軍官的頭那裡。這時候，他不情願地幾乎要看見了屍體的臉。那張臉看來就像活著的時候一樣，也看不到一絲神所應許的救贖；所有其他人在機器裡所應受的，軍官都沒有得到。他的雙唇緊閉，眼睛睜開，彷彿仍有生命的氣息，眼神顯得安詳而堅定，一根巨大的鐵釘穿過他額頭。

——

當旅行者領著士兵與囚犯來到流刑地最初建造的一列房舍時，士兵指著其中一幢，說：「這裡就是茶館。」

那房子的地面層，是一個低矮幽深的空間，四壁如洞穴，天花板被燻得漆黑。面街的房舍全然敞開著。這家茶館與流刑地的其他房舍一樣一片荒圮，連宮殿式的司令部建築也不例外。儘管茶館與其他房舍並無二致，它卻帶給旅行者一種歷史回憶的印象，旅行者感到昔日的力量。他走上前去，後面跟著隨行者，穿行在茶館前街上的空桌子間，吸進從裡面傳來陰涼、潮濕而布滿霉味的空氣。「老主人被埋在這裡，」士兵說，「他在墓園的一個墓位被神職人員拒絕了。有段時間，大家還遲遲無法決定該將他葬在哪裡，最後終於將他葬在這裡。關於這些，軍官一定沒有向您說過，因爲他當然爲此感到再羞恥不過。甚至有幾次，他試圖在夜裡將老主人挖出來，不過每次都被趕跑了。」「墓在哪裡？」旅行者問，他無法相信士兵的話。士兵與囚犯兩人立即跑到他面前，伸出手來爲他指出墳墓所在。他們領著旅行者走到後牆，那裡有幾張桌子坐著客人。他們也許是碼頭工人，一群強壯的男人，蓄著短而黑亮的絡腮鬍。他們全都沒有穿外衣，襯衫殘破不堪，是貧窮且倍受屈辱的一群。當旅行者走近時，有幾個人站起來，靠在牆上，迎面看著他。「是個外國人，」他們在旅行者周圍交頭接耳地說，「他要看那座墓。」他們把一張桌子推到一旁，底下果真有個墓碑。那是一塊簡單的石頭，造型低矮，藏在桌子底下綽綽有餘。上面刻著字體極小的碑文，旅行者要跪下來才能看懂。上面寫著：「老司令官在此安息。他的追隨者爲他造墓立碑，現已無法具名。有一預言，司令官將在若干年後復活，從這個房子帶領他的追隨者，重新奪回流刑地。必要相信，並且等待！」旅行者讀過以後，站了起來，看見男人們站在他的四周微笑著，彷彿他們同他一起讀過了碑文，他們覺得可笑，並敦促他同意此看法。旅行者佯裝沒有察覺，分給他們一些錢幣，等到桌子被推回墳墓之上，便離開茶館，走向碼頭。

士兵與囚犯在茶館遇見幾名友人，被他們攔住了。不過，他們定是很快地順利脫身了，因爲旅行者走在通往小船的長階梯上，才到一半，他們已經在後面追趕。也許他們想在最後一刻強迫旅行者帶他們一起走。當旅行者爲了擺渡往輪船而與一名船長交涉時，兩位追隨者從階梯飛奔而下，一聲不吭，因爲他們不敢大聲喊叫。然而就在他們抵達時，旅行者已置身小船，船長正駛離船塢。他們本可以跳上小船，但旅行者從船板上提起一條沉重、打著結的纜繩，想恫嚇他們，因而阻擋了他們跳上來。

殘稿

Fragmente

本章收錄兩篇殘稿皆出自卡夫卡的日記本。〈城市的世界〉（Die städtische Welt）寫於一九一一年二月二十一日的日記內容之後，卡夫卡於同年九月二十三日的日記裡說明了其與〈判決〉的關聯。〈在流刑地〉殘稿出於一九一七年八月六日的內容之後。

城市的世界

奧斯卡．M，一個年紀較大的學生——假如你近看他，就會被他的眼睛所驚嚇——某個冬日午後，雪花紛飛之際，他在一個空蕩蕩的廣場停下腳步。他的身體裹在冬衣裡，外面披著冬天的厚大衣，脖子圍著一條圍巾，頭上戴著毛皮帽子。他正思考事情，所以一直眨著眼睛。他深深地陷入沉思，因而一度摘下帽子，用上面捲曲蓬鬆的皮毛撫摩自己的臉。最後他似乎想通了，於是以一個跳舞的姿勢轉身回家去。

當他推開父母家客廳的門時，他看見父親——一個鬍子刮得乾淨、臉頰豐腴厚實的男人——坐在面向門的一張空桌子旁。「你總算回來了，」奧斯卡前腳還沒踏進屋裡，父親就說，「請你停在門口，你讓我氣得要命，害我不知道要對你怎麼辦。」

「可是，父親——」奧斯卡說，當他說話時，才意識到自己的急促的腳步。

「安靜，」父親喊道，一邊站起來，他的身體遮蔽了窗戶，「我命令你安靜。不用再說什麼『可是』了，你懂吧。」這時，他用雙手抬起桌子，然後往奧斯卡的方向搬近一步。「你這樣浪蕩地生活，我再也受不了了。我是個老人。我以爲我的晚年在你身上可以有個安慰與寄託，結果呢？你卻比我生的每一種病都還要糟。哎呀，我怎麼會有這樣的兒子，用懶惰、揮霍、壞心還有（我何不直截了當地說）愚蠢，來把自己的老父親逼進墳墓裡。」父親語畢，忽然沉默，但是他的臉卻彷彿還在說話那樣地動著。

「親愛的父親，」奧斯卡說著，一邊小心翼翼地走向桌子，「你別激動，一切都會變好的。今天我突然靈機一動，想到一個辦法，可以讓我變成如你所期望的那種有用的人。」

「什麼辦法？」父親問，眼睛看著客廳一角。「相信我就對了，晚餐的時候我會跟你全盤托出。在我的內心裡，我覺得自己始終是個好兒子，只是我沒有辦法表現出來。我不僅沒辦法取悅你，而且還讓你更生氣，這樣使我痛苦。現在，請你讓我再散個步吧，這樣我才能把事情想得清楚些。」

父親起初坐在桌緣，然後變得專注，頓時站了起來，「我不認爲你現在說的話有多大意義，我認爲這些話只是空談。但畢竟你是我的兒子。你要準時回家，我們在家裡共進晚餐，到時候你就可以跟大家好好說明你的情況。」

「這點小小的信任對我來說已經足夠，我對你由衷感謝。可是難道你沒有從我的眼神看出，我正徹頭徹尾地忙著一件非常嚴肅的事？」

「目前我完全看不出來，」父親說，「但也有可能是我的錯，因爲我實在太久沒有正眼看你，導致眼力盡失。」同時，他依照習慣，用手規律地敲擊桌面，來讓大家注意到時間的流逝，「可是重點是，奧斯卡，我對你的信任盡失。如果我吼你，這麼做並不是因爲希望你變得更好。就像你進門的那時，我就吼了你，不是嗎？我這麼做只是因爲想起了你可憐的好母親。現在她也許還沒有因爲你而感到直接的痛苦，但是她已經在努力準備去對抗這樣的痛苦了。因爲她相信這樣在某種程度上可以幫助你，而她也將慢慢地垮掉。不過，這些好歹都是你心知肚明的事，要不是因爲你的承諾激起我去想，爲了顧念自己，我也不願再想起她。」

他的話說到最後，女僕就走進來查看爐火了。她一離開客廳，奧斯卡就大喊：「可是，父親！我眞的沒想到會這樣。當我只是靈光一閃，好比說，關於我的博士論文的靈光一閃，它躺在我的抽屜已經十年了，它需要靈光，就像食物需要鹽巴那樣，哪怕是這種事情不太可能發生，但是就像今天發生的事情那樣，我是有可能從散步的路途中跑回家，跟你說：『父親，我很幸運地有了這個及那個靈感。』要是你聽完了以後，用那種德高望重的聲音把之前的那些責備當面說給我聽，那麼我的靈感就會一筆勾銷，而我只有馬上藉故撤退，或是連個藉口都沒有。現在卻相反！這些你因爲反對我而說出來的一切，都在促成我的靈感，它們毫不停歇，愈來愈強烈地充滿我的腦袋。我要走了，因爲我只有在獨自一人的時候，才能幫它們理出頭緒。」他在溫暖的客廳裡吞聲忍氣。

「你腦袋裡裝的也可能一件卑鄙的事，」父親瞪大雙眼說，「我是相信你會被這些東西綁架的。但萬一你的腦袋突然湧現什麼厲害的想法，那也只是暫時，過一個晚上就溜走了。我很了解你。」

奧斯卡轉過頭去，彷彿有人掐著他的脖子，「現在讓我走吧。你這樣挖空心思只是多餘。就算你可能正確地預言了我的下場，那麼這也不該誘使你來破壞我的專心思考。也許我的過去曾經給你這個權利，但是你不能不當地利用它。」

「從這裡一看便知，你的不安全感也太強烈，竟然大到逼得你這樣跟我頂嘴。」

「沒有東西在逼我，」奧斯卡說著，頸部開始抽搐。他一腳湊近那張桌子，讓人一下子搞不清楚那張桌子是誰的，「我說出來的話，都是懷著敬畏之心說的，甚至是出於對你的愛，你以後會知道的，因爲我的決定都是以你跟母親爲最大的顧慮。」

「那我現在可要謝謝你了，」父親說，「因爲你母親跟我恐怕沒機會在未來的適當時刻做到這些。」

「父親，拜託你讓未來繼續沉睡吧，它理應如此。假如你過早地把它叫醒，那麼你只會收穫一個睡眼惺忪的現在。怎麼會由你的兒子來告訴你這些！但我也還不想說服你，我只是想通知你這個消息。至少這件事情我成功了，這點你必須承認。」

「奧斯卡，其實現在只有一件事情讓我驚訝——爲何你遇到像今天這種事的時候，都不會因此而常常來找我？這不是很符合你的本性嗎？眞的，我認眞想問。」

「好，那麼你會痛打我一頓，而不是好好聽我說嗎？天知道，我跑回來就是爲了趕緊討好你。可是在我的計畫還沒完成之前，我不能透露一丁點消息讓你知道。爲什麼你要因爲我的一番好意而懲罰我，而且還要求我解釋？你知道這樣很可能會破壞我的計畫嗎？」

「別說了，我什麼都不想知道。可是我得趕緊回答你，因爲你退到了門口，顯然有很緊急的事情要做——我一開始的怒氣讓你用一些伎倆給平息了，只是我現在卻感覺比之前更難過，所以我拜託你——如果你堅持這樣的話，那我也可以雙手合十爲你祈禱——至少你不能向母親透露任何一點想法。讓我知道就夠了。」

「我的父親才不會這樣跟我說話。」奧斯卡喊道，他的手已經放在門把上。「從中午開始你就有點不對勁，或你根本就是個我在父親客廳裡初次遇見的陌生人。我眞正的父親，」——奧斯卡瞠目結舌沉默半晌——「他應該要擁抱我，他應該要把母親叫過來才對。你是怎麼了，父親？」

「我覺得你應該跟你眞正的父親一起共進晚餐。這樣的話會更愉快些。」

「他會來的。他終究不能缺席。母親也得在。還有法蘭茲，我現在要去接他。大家都得在。」奧斯卡說完，用肩膀頂住微微開啟的門，彷彿接下來打算衝破它那般。

當他抵達法蘭茲的住所，他就俯身對矮小的女房東說：「我知道，工程師先生正在睡覺，沒關係。」女房東因爲這場來訪顯得有些不悅，一個人無用地在前廳來回踱步，但奧斯卡沒有再搭理她，而是去打開那扇玻璃門，那扇門彷彿被碰到了一個敏感部位，於是在他的手裡顫抖，一進門，他還沒看見房間的陳設，便什麼也不管地大喊：「法蘭茲，起床了。我需要你的專業建議。但是我受不了待在這個房間裡，我們得去散個步，你也得跟我們一起共進晚餐。你要趕快。」

「我很樂意，」工程師從皮沙發那邊說，「可是要先做哪一樣？起床、共進晚餐、散步、給建議？我可能也漏聽了什麼。」

「最重要的是你不能亂開玩笑，法蘭茲。這是最重要的事情，我剛剛忘了講。」

「馬上我就來幫你的忙。可是你要我起床！——我寧可爲了你吃兩頓晚餐，也不要起床一次。」

「你現在給我起床！別找藉口反駁了。」奧斯卡一把抓起眼前這位虛弱的人的外套前襟，讓他坐起來。

「你這樣也未免太粗暴，你知道嗎？放尊重點。我從前有像這樣把你從沙發椅上扯下來嗎？」他用兩根小指頭揉揉自己還沒睜開的眼睛。

「可是法蘭茲，」奧斯卡做了個鬼臉，「你快去穿衣服吧。我又不是傻瓜，不會無緣無故叫你起床。」

「我也是，不會無緣無故跑去睡覺。昨天我值夜班，今天就爲了好好睡這場午覺，都是因爲你——」

「怎麼？」

「唉，我眞的很生氣，你也不顧慮一下我。這不是第一次了。當然，你是個自由自在的大學生，想做什麼就去做。不是每個人都這麼幸運。我們得學會顧慮他人，該死的！雖然我是你的朋友，可是大家也沒有因此奪走我的職務。」他說著，攤開雙手搖了搖。

「看你這麼口齒伶俐，難道我不該相信你已經睡飽了？」奧斯卡說完，用手拄著床柱站起來，從那裡看著工程師，彷彿他現在已經不像之前那麼趕時間了。

「那你到底想要我怎樣？或是更確切地說，你爲什麼要把我叫醒？」工程師問他，然後用力抹著山羊鬍下面的脖子，這是剛睡醒的時候跟身體之間的親密舉動。

「我要你做的事情很少，」奧斯卡輕聲說，然後用腳跟踢了一下床，「我在前廳已經跟你說過，請你穿好衣服。」

「奧斯卡，如果你想用這個來暗示我，說我對你的消息不感興趣，那麼你完全對了。」

「那就好，這樣一來，這個消息帶給你的熱望就由它自負後果，跟我們的友誼沒有任何關係。那麼資訊也會更清楚。你要知道，我需要清楚的資訊。不過，如果你要找的東西是衣領和領帶，那麼它們就在扶手椅上。」

「謝謝，」工程師說完，就開始繫衣領與領帶，「你還是很值得信賴的。」

〈在流刑地〉殘稿

旅行者感到非常疲憊，因而無法再發號施令，甚至做任何事情。他只是從口袋裡掏出一條手帕，然後做了一個姿勢，彷彿是把手帕浸在遠處的桶子裡那樣，把它貼在自己的額頭上，然後躺在那個坑洞旁。因此司令官派出來負責找他的兩位先生就發現了他。當他們跟他攀談時，他精神煥發地跳了起來。他的一隻手放在胸前，說：「如果我允許這事發生，我就是狗雜種。」但他隨後又置若罔聞，到處跑來跑去。只是有時他會跳起來，使勁地掙脫，然後圈住其中一位先生的脖子，哭喊著：「爲什麼這一切都發生在我身上！」接著又衝回自己的崗位。

這一切彷彿讓旅行者意識到，接下來發生的，僅僅是他與死者之間的事，他揮揮手，要那位士兵與被判刑的人離開，他們猶豫著，他就拿起一顆石頭往他們丟，他們還繼續一直討論著，這時，他就朝他們跑去，用拳頭揍他們。

「什麼？」旅行者突然說。是不是忘了什麼？一句關鍵的話？一個動作？一次伸手救援？誰能穿透這團迷霧？該死的邪惡熱帶空氣，你對我做了什麼？我不知道發生了什麼事。我的判斷力留在北方的家裡了。

「給那條蛇開路！」有人喊。「給那位偉大的夫人開路！」「我們準備好了，」有人回答，「我們準備好了！」我們這些開路的人，我們是備受推崇的碎石者，我們邁著大步從樹叢中出來。「出發！」總是好心情的司令官喊道，「出發，你們這些用來餵蛇的傢伙！」接著我們就舉起鐵槌，在方圓數里之內開始了最勤奮的敲擊。不允許停下來，除非是換手。他們已經宣布，今天晚上我們的蛇即將抵達，在這之前，所有的一切都要磨碎成灰，我們的蛇連最細小的石頭都無法忍受。這麼敏感的蛇是哪來的？牠也是一條獨一無二的蛇，被我們的工作徹底寵壞了，所以也徹底變成一個無與倫比的物種。我們不明白，還哀嘆牠爲何自稱爲蛇。至少牠應該稱自己是夫人，雖然牠作爲夫人當然也是無與倫比的。不過，這不是我們擔心的事，我們的工作是把一切打磨成灰。

前面那個，把燈舉高！其他人安靜跟在我後面！全部排成一列！安靜！這沒什麼。別害怕。我會負責。我帶你們出去。

八月九日。旅行者做了一個不甚明確的手勢，他放棄努力，然後又把那兩個人從屍體旁邊推開，然後對著他們指著流刑地，那是他們馬上要去的地方。他們咯咯笑，代表已經漸漸理解這個命令。被判刑的人把他沾滿油汙的臉抵在旅行者的手上，士兵用右手拍拍旅行者的肩膀，左手揮舞著步槍，他們三個人現在是一夥了。

旅行者不得不極力壓制住那襲來的感覺，在這種情況之下，一個完美的秩序於焉產生。他非常疲憊，於是放棄此刻埋葬這具屍體的計畫。熱氣愈來愈蒸騰，旅行者爲了不要陷入踉蹌之境，他不願意抬頭面向太陽。軍官突然就此沉默起來。眼見對面那兩個人用奇怪的眼神盯著他，跟他們之間的關係又因爲軍官之死而斷掉，最後，軍官的意見就終結在這流暢的、機械式的反駁之中。因著眼前這一切，旅行者無法好好站起來了，所以他就又坐回藤椅上。要是他的船被推過那片無路的沙地來到他的面前接他，那樣將再美好不過。這時他就會登船，並且在梯子上就開始譴責那位軍官殘忍處決了那位被判刑的人。「我會在鄉里告訴大家這件事。」他說這話的時候，會特意提高音量，好讓好奇倚在上面甲板的欄杆上的船長與水手們都能聽見。「處決？」軍官這時就會義正辭嚴地問，「他人不是在這裡嗎？」他會這麼說，然後手指著那位幫旅行者抬行李的人。他確實是那位被判刑的人，旅行者用銳利的眼神精準打量他的臉部輪廓，立刻認出是他。「由衷欽佩。」旅行者忍不住，並且樂意這麼說。「這是一個魔術戲法嗎？」他還問。

「不是，」軍官說，「因爲您這方面的錯誤，我於是遵照您的命令被處決了。」船長與水手們這時偷聽得更加入神了。他們都看見軍官撫摸著他的額頭，一根彎曲的釘子從他額頭的裂隙露出了尖刺。

美國政府與印第安人進行最後幾場重大戰役的時刻已經到來。最深入到最遠的印第安人地區的堡壘，也是最堅固的堡壘——由參孫將軍指揮，他立下赫赫戰功，受到人民與士兵堅定的愛戴。如果你看到一名印第安人，大喊「參孫將軍！」，馬上有步槍之效。

一天早晨，一名年輕人在森林裡被巡邏隊的人抓走，依照將軍的一般命令，他被帶到指揮部。這位將軍事必躬親，一點小事也不放過。由於將軍正跟幾個邊境來的農民討論事情，這位陌生人就先被帶到副官奧特威中校那裡。

「參孫將軍！」我喊道，然後蹣跚地往後退一步。從高高的灌木叢裡走出來的那人正是他。「安靜！」他指著他的身後說。約莫有十位隨從跟在他後面踉蹌地走。

「不要！放開我！放開我！」我沿街不停地喊。她不停地抓著我，海妖的利爪一再而再，從旁邊揮過來，或是越過我的肩頭，捶擊我的胸膛。

卡夫卡
書信節選

Ausgewählte Briefe
von Franz Kafka

I. 一九一三年四月四日

致　庫特・沃爾夫[1]

郵戳：布拉格

敬愛的沃爾夫先生！

今日稍晚我剛剛收到您令人喜悅的來信。

當然，即使我心裡多麼想，也不可能在星期天之前將手稿交到您的手中[2]，儘管對我來說，將未完成的作品交出去，可能比讓您以爲我想得罪您來得更能忍受。儘管我看不出這些手稿能用什麼方式，或在什麼意義上可以讓您感到歡心，但我應該及早將它們寄出才是。我確實也將寄出小說的第一章，因爲很早之前我就將大部分的內容謄抄過來了；週一或週二，稿件將會寄達萊比錫。我不知道它能否獨立成篇發表；儘管從中無法看出接下來五百頁可能是完全失敗的，但至少它大抵還算不上完成；它僅是一個片段，並且永遠維持如此的特性，這樣的未來，給了這一章最多的獨立性。我有另一個故事，名爲〈變形記〉，目前尚未開始謄寫，因爲近來發生的一切都使我遠離文學，也對它無法盡興。但我也會盡快

1 庫特・沃爾夫（Kurt Wolff，一八八七—一九六三年），德國出版家，一九一三年成立庫特・沃爾夫出版社（一八八七—一九四〇年），爲表現主義德語文學最重要的出版商。沃爾夫出版社的前身爲德國著名的羅沃特出版社（Rowohlt Verlag）的第一代，一九〇八年創立之後，一九一〇年起沃爾夫擔任匿名股東，一九一二年因合約爭執，創辦人恩斯特・羅沃特（Ernst Rowohlt，一八八七—一九六〇年）退出，沃爾夫則收購史蒂芬・褚威格（Stefan Zweig，一八八一—一九四二年）、法蘭茲・卡夫卡、馬克斯・布羅德等人版權，於一九一三年將羅沃特出版社更名爲庫特・沃爾夫出版社，持續營運至一九四〇年。

2 一九一三年四月二日，沃爾夫請卡夫卡在他啟程旅行前，即刻將「小說的第一章」與「有關甲蟲的小說」寄給他；分別爲《失蹤者》（*Der Verschollene*）第一章〈司爐〉（*Der Heizer*）及信中提及的〈變形記〉（Die Verwandlung）。卡夫卡事後將沃爾夫的來信寄給菲莉絲，見頁二四〇。

備妥一份謄本，並且盡早寄出。日後這兩部作品與《樂土》[3]中收錄的〈判決〉，或許能成爲一部好書，書名可以是《兒子們》。

非常感謝您的善意，在此爲您的旅程獻上最好的祝福。

您誠摯的

法蘭茲・卡夫卡

II. 一九一三年四月十一日

致　庫特・沃爾夫

郵戳：布拉格

敬愛的沃爾夫先生，

非常感謝您友善的來信，對於將〈司爐〉收錄在《最後一日》[4]文學叢刊的

3 《樂土》爲馬克斯・布羅德所主編的年度文選，一九一三年出版於庫特・沃爾夫出版社。

4 《最後一日》（*Der jüngste Tag*，一九一三—一九二一年）爲德國庫特・沃爾夫出版社所發行的文庫版系列小冊，主要爲新文學創作的發表，同時也是表現主義德語文學最重要的出版園地，該書系共有八十六冊，卡夫卡的作品亦在其列。

提議，本人完全且非常欣然地同意。我只有一項請求，在上一封信中我曾提及。〈司爐〉、〈變形記〉（篇幅約為〈司爐〉的一點五倍）與〈判決〉三篇故事，無論外在與內在皆形成一個整體。存在於它們之間的，是一種明顯且更多是隱祕的關聯，我有意將之整合在一本書名大抵為《兒子們》的選集，這樣的呈現我著實不想放棄。不知道是否可能，讓〈司爐〉在《最後一日》當中發表之外，在之後可見的將來，與本人其他兩個故事一併收錄在一本書中出版？此事有待您的專業判斷。另，若有可能，不知能否將此一決定陳述於〈司爐〉之現行合約當中？我珍視這三個故事作為統一的整體，絕不亞於對其中一則故事完整性的重視。

您誠摯的

法蘭茲・卡夫卡博士

III. 一九一五年十月十五日

致　庫特・沃爾夫出版社

（捷克勞工意外傷殘保險局信箋）

郵戳：布拉格

尊敬的先生！[5]

非常感謝您於十一日的來信。

5 本信收件對象爲德國出版家喬治・海因里希・邁耶（Georg Heinrich Meyer，一八七二—一九三二年），於沃爾夫一九一四年八月至一九一六年九月入伍參戰期間代理其職務。

您的來函，尤其是有關布萊[6]與史登海姆[7]的附件，帶給我許多樂趣，且是多面向的。有關您的問題，如果我對於馮塔納獎能夠稍微涉獵，那麼我一定能夠表達個人淺見（事實上，它其實並不是問題，因爲《變形記》已經確定了）。根據您的信，尤其是寫給馬克斯．布羅德的信之後，事情似乎是這樣的——史登海姆獲獎了，但他要把獎金贈與某人，可能是在下我。[8]此事固然值得欣喜，從中卻也拋出了有關需求的問題。此處的需求指的並非是針對獎項與金錢的需求，而僅是指涉對於金錢的需求。我的看法是，當事人以後是否還會需要這筆獎金，其實一點也不重要，關鍵更在於他當下是否需要獎金。當然，對我來說，重要的也是獲獎，或者共同獲獎——假如沒有共同獲獎，我應該完全沒有資格單獨接受這筆獎金，我認爲我沒有這樣的權利，因爲我當下確實完全沒有這樣急迫的需求。您信中唯一與我的見解產生矛盾的地方是——

「馮塔納獎將使人們開始注意……」無論如何此事仍屬未知，若您能稍作解釋，我將非常感激。

至於您的建議，我給予您完全的信任。我心願原本是出版一部規模較大的中篇小說集（例如《樂土》中收錄的小說、《變形記》及另一部中篇，選集的共同書名爲《懲罰》）。沃爾夫先生先前也予以同意了[9]，然而有鑑於目前的情況，最好還是能依您的想法來規劃。有關《沉思》的全新再版規劃，本人也欣然同意。

6 此指法蘭茲·布萊（Franz Blei，一八七一—一九四二年），奧匈帝國作家、評論家及劇作家。

7 此指卡爾·史登海姆（Karl Sternheim，一八七八—一九四二年），德國劇作家、小說家及詩人。

8 一九一五年，布萊頒發馮塔納獎給史登海姆，並建議史登海姆將八百馬克的獎金授予卡夫卡，史登海姆在讀過卡夫卡作品以後欣然同意。庫特·沃爾夫出版社由於發行了史登海姆的三部小說《布賽科夫》（*Busekow*，一九一四年）、《拿破崙》（*Napoleon*，一九一五年）、《舒林》（*Schuhlin*，一九一五年），積極希望促成此事，以利《變形記》的發行。卡夫卡最後仍然接受這筆獎金，《變形記》於同年十一月出版。

9 庫特·沃爾夫在一九一三年四月十六日給卡夫卡的信中，承諾出版收錄〈變形記〉、〈司爐〉、〈判決〉的小說選集。卡夫卡日後在給菲莉絲的信裡提過此事，見頁二四五〈一九一三年五月一日〉。

在此附上《變形記》的校對稿。在此說聲抱歉，此次的印刷有別於《拿破崙》一書，儘管如此，我可以將《拿破崙》這本書的寄送視爲一種承諾——《變形記》將以同樣的方式印刷。如今，眼見《拿破崙》的書封圖片如此明亮清晰，而《變形記》的（我想是相同字級的字母）卻顯得黯淡擁擠。假如能夠進行後續修訂，依我之見，應是此處了。

我不知道《最後一日》後來的幾冊是如何裝訂的，《司爐》的裝訂不是很美。那是某種模仿，至少過了一段時間之後，人們幾乎只能懷著厭惡看著它。因此我想請求更換一個不同的封面。

很可惜您上週無法前來，或許未來還有機會，如此我將非常期待。

致上誠摯的問候

F・卡夫卡

我是否可以再得到五份十月號的《白色書頁》[10]？我恐怕需要它們。沃爾夫先生曾寄過《司爐》的幾篇評論給我；萬一您有需要，我可以寄給您。

（附件：校對稿）

10 《白色書頁》（*Die weißen Blätter*，一九一三—一九二〇年），德國最具代表性的表現主義文學月刊之一。

IV. 一九一五年十月二十五日

致　庫特・沃爾夫出版社
郵戳：布拉格

尊敬的先生！

您於近日來信提及，奧托瑪・史塔克[11]將爲《變形記》進行封面繪圖。就我對負責《拿破崙》一書的藝術家的了解，我此刻有些微的恐懼，也許這種擔憂是非常多餘的。是這樣，因爲史塔克實際在畫插圖，我突然想到，他或許會想自己畫這隻昆蟲。不是那樣，拜託不要！我不想對他的權力範圍進行限制，但這份請求僅是根據我天生對歷史的精通而來。昆蟲本身不能被畫出來，但它甚至也不可以在遠處被呈現出來。如果這個意圖並不存在，那麼我的請求就會變得可笑——但這樣更好。若您能協助轉達並強調本人的請求，我將感激不盡。假如我能被允許為插圖做出自己的建議，我會選擇如下的場景——父母與與經理在緊閉的門前，或者更好的是，父母和妹妹在明亮的房間，旁邊敞開的門通往隔壁陰暗的房間。

您應該已經收到所有的校對稿及相關評論。

致上誠摯的問候

法蘭茲・卡夫卡

11 奧托瑪・史塔克（Ottomar Starke，一八八六—一九六二年），德國戲劇布景設計、藝術家與插畫家。

V. 一九一六年七月二十八日

致　庫特・沃爾夫出版社

郵戳：布拉格

敬愛的邁耶先生！

我剛剛旅行歸來，便發現了您於十日的來信及書籍。對此我非常感謝您。有關您想出版一本書的想法，我的意見與您相同，儘管我的可能更激進些。我想，如果我能拿出一部完整、全新的作品，那樣再正確不過；但如果我做不到，也許我應該保持絕對的緘默。

此刻的這個當下，我其實並沒有這樣的作品，而我迄今的健康狀況並不佳，致使我在現階段的情況下無法勝任這項工作。在過去的三、四年間，我過度揮霍了健康（導致情況愈來愈糟，我是認真的），現在正承擔沉重的後果。此外還有其他的因素。

您親切地建議我去度假，到萊比錫去，眼下出於各種原因，我恐怕無法答應。若是在三、四年前，甚至是兩年前，考量我的外部環境與健康狀況，我是可以且應該這麼做的。現在我能做的僅是等待，等待那唯一也許還能幫助我的唯一藥方，亦即——一些旅行與大量的安靜與自由。

我無法提前交出任何規模較大的作品，因此現在僅有一個問題（若站在我的立場，我可能會否定它）——若此際出版小說選集《懲罰》（〈判決〉、〈變形記〉、〈在流刑地〉），是否會帶來任何用處？對於這樣的一份出版品，即使在可見的將來，我並沒有規模較大的作品接續出版，這樣您是否覺得依然可行？您想必有更好的看法，對此我將完全遵照。

致上之前有時請沃爾夫先生代為轉達的

最好的問候，依舊

F・卡夫卡

VI. 一九一六年八月十日

致 庫特・沃爾夫出版社
郵戳：布拉格

敬愛的邁耶先生！

從您給馬克斯・布羅德信中關於我的評論，我看出您也在考慮放棄出版中篇小說選集的想法。依照當前的處境，我認爲您的考量完全有理，因爲無論如何，這本書勢必完全無法如您所願，達到暢銷之效。相反地，我非常同意〈在流刑地〉在《最後一日》文學雜誌中印行，這樣一來，就不只是〈在流刑地〉，而還有《樂土》雜誌所收錄的〈判決〉，而每則故事都有自己的小冊。對我來說，後者的出版方式相對於中篇小說選集，優點就是每個故事都可以各自獨立閱讀，產生獨立之效。若您同意的話，我希望能請求先出版〈判決〉，它是這些作品當中我最關注的；〈在流刑地〉則可以隨您的意思出版。〈判決〉雖然小冊，但卻不會比《阿麗希》[12]或《舒林》的成書規模來得小；以《蝙蝠》[13]的版本大小來印刷，應該會超過三十頁，〈在流刑地〉則會超過七十頁。

致上誠摯的問候，您的

F・卡夫卡

VII. 一九一六年八月十四日

致 庫特・沃爾夫出版社

（明信片）

郵戳：布拉格

親愛的邁耶先生！

12 《阿麗希》（*Aissé*，一九一五年），德裔法國作家蕓內・希克勒（René Schickele，一八八三—一九四〇年）的中篇小說。

13 《蝙蝠》（*Fledermäuse. Ein Geschichtenbuch*，一九一六年），奧地利作家古斯塔夫・梅林克（Gustav Meyrink，一八六八—一九三二年）所創作的短篇小說集。

我們的信件寄送顯然有些交錯。我先說明這件事情——將〈判決〉與〈在流刑地〉以單一小冊出版，並非我的原意；如要出版它們，我更喜歡規模較大的中篇小說選集。然而，我現在很樂意放棄這部規模較大的書，儘管沃爾夫先生在《司爐》時期就已同意此一出版計畫。對此我希望能提出要求，將〈判決〉印製在一個特別的小冊出版。我也非常重視〈判決〉，雖然它的規模很小，但卻更像一首詩而非一個故事，它需要被自由的空間包圍，而它並非不配得這些。

致上最好的問候，您的

F・卡夫卡

VIII. 一九一六年八月十九日

致 庫特．沃爾夫出版社
布拉格

致 庫特．沃爾夫出版社！

爲回覆您於十五日的善意來函，在此我整理了致使我請求單冊印行〈判決〉和〈在流刑地〉的原因——

起初並沒有論及在《最後一日》中收錄出版，而是論及一本中篇小說選集，也就是很久以前沃爾夫先生承諾將出版的《懲罰》（〈判決〉、〈變形記〉、〈在流刑地〉）。這些故事有某種程度的整體性，而中篇小說選集的出版方式，與收錄在

《最後一日》雜誌相較，將會更受尊重。儘管如此，假如〈判決〉有可能以特殊單行本的方式出版，我還是很樂意小說選集的出版形式。

是否應該將〈判決〉與〈在流刑地〉這兩篇故事一同收錄於《最後一日》其中一冊出版，其實未必是必要的問題，因爲〈在流刑地〉一如您信中的估計，它的篇幅一定足夠作爲單冊出版。我想補充的是，我覺得〈判決〉與〈在流刑地〉合爲一冊會形成可怕的組合；〈變形記〉無論如何將可媒合兩者；假如沒有了它，那麼就會眞的有如兩個陌生頭顱，彼此猛烈地打架。

尤其是對〈判決〉的特別印本，本人有如下看法——這則短篇小說比史詩敍事更富詩意，因此它的周圍需要自由的空間，假如要它產生影響力的話。它也是我最喜愛的作品，因此我也一直希望，有一天它能有機會自行產生影響、獲得青睞。如今既然中篇小說選集的計畫不予考慮，我想這會是上述出版方式最好的時機。順道一提，由於〈在流放地〉現在沒有出版於《最後一日》，我想我還有機會將此一稿件提供給《白色書頁》。這件事情眞的僅是順道一提，因爲對我來說，最重要的是以特殊單行本出版〈判決〉。

難道這本書的技術難題眞的難以克服？如果用大型字體印刷，我承認這樣並不適合，可是首先像《蝙蝠》的單行本有三十頁，其次並不是所有的《最後一日》別冊都達到三十二頁以上，例如《阿麗希》只有二十頁，以及其他我手邊沒有的別冊如哈森克萊弗[14]和哈德寇夫[15]的作品，頁數也相當少。

因此我認爲，出版社應可提供單行本印刷的協助——當然我會將之視爲一種厚待。

14 沃爾特・哈森克萊弗（Walter Hasenclever，一八九〇—一九四〇年），德國猶太裔劇作家、詩人。此指庫特・沃爾夫出版社發行的對話錄《無盡的對話》（*Das unendliche Gespräch*，一九一三年），共十六頁。

15 斐迪南・哈德寇夫（Ferdinand Hardekopf，一八七六—一九五四年），德國表現主義作家、詩人。此指庫特・沃爾夫出版社發行的對話錄《夜》（*Der Abend*，一九一三年），共十六頁。

致上最深的敬意，您的

F·卡夫卡

IX. 一九一六年十月十一日

致　庫特・沃爾夫

郵戳：布拉格

敬愛的庫特・沃爾夫先生！

首先誠摯地歡迎您再次來到我們這裡[16]，儘管當今距離之遠近已無太大分別。很高興讀到您對於本人稿件的友善之言。有關您對難堪之處的批評，我的看法與您完全相同，尤其對於迄今完成的所有作品，我幾乎都抱持著這樣的看法。

16 一九一六年九月，沃爾夫正式退伍返回萊比錫。信中所提沃爾夫評論的稿件爲〈在流刑地〉。

您或許留意到，人間事往往不脫此等的難堪！爲了解釋最後一個故事，我只想做個補充——不只是這個故事令人難堪，而是我們一般人的時代與我的時代，都很令人難堪，而我個人時代裡的難堪，甚至比一般人更加久長，而且會一直持續下去。天知道我會在這條路上走得多深刻，假如我繼續寫作，或是更好的情況——假如我的處境與狀況允許，讓我咬緊牙關地寫出我所渴望的事物的話。然而事與願違。一如現在的我，唯一能做的只有等待安寧的時刻到來，使我至少在表面上毫無疑問地做個當代人。我也非常同意這個故事不應出現在《最後一日》當中，尤其是在戈爾茨書店[17]的朗讀會上，雖然我已安排十一月在那裡朗讀它，而且恐怕會如期進行了。您提議出版中篇小說選集，於我是莫大的恩惠，但我以爲（尤其是現在，〈判決〉將以特殊單行本問世，都要感謝您的善意），此一中篇小說選集唯有接續一個規模較大的新作，或者在它之前出版，才能有它眞正的意義，而眼下並非如此。順道一提，我想這樣的看法從您給馬克斯・布羅德信中的相關評論，也可以略窺一斑。約莫一週前，我將恩斯特·費格爾[18]（他是畫家腓特烈·費格爾[19]的弟弟，這位畫家的作品包括喬治·穆勒[20]出版社的《杜斯妥也夫斯基》中的插畫）的幾首詩作寄給邁爾先生，我很希望您現在也能有機會在萊比錫讀到這些詩作。但願出版社能以某些方式出版這些美麗的詩篇，不一定要馬上，但若

17 戈爾茨書店（Buchhandlung Goltz）爲德國著名藝術經銷商漢斯·戈爾茨（Hans Goltz，一八七三—一九二七年）在一九一〇年代於慕尼黑所開設的書店，出身於東普魯士的漢斯·戈爾茨於德語地區以藝術品經銷聞名，並於慕尼黑開設畫廊，發掘大量野獸派、立體派與表現主義作品。一九一六年十一月十日晚間，卡夫卡於該書店進行了生命中第二場朗讀會，朗讀的作品爲當時尚未出版的〈在流刑地〉，之後則接著馬克斯·布羅德的詩作朗誦。在場觀衆至多五十人，包括多位作家，卡夫卡的未婚妻菲莉絲·包爾也專程從柏林趕來，文學史家推測詩人里爾克（Rainer Maria Rilke，一八七五年—一九二六年）很可能也在場。

18 恩斯特·費格爾（Ernst Feigl，一八八七—一九五七年），奧匈帝國及捷克斯洛伐克作家與記者，通曉德語。

19 腓特烈·費格爾（Friedrich Feigl，一八八四—一九六五年），奧匈帝國猶太畫家。

20 喬治·穆勒（Georg Müller，一八八七—一九一七年），德國出版商，一九〇三年於慕尼黑創立喬治·穆勒出版社，爲德國最早的文化出版商之一。

能「盡快」，那麼當然是最令人高興的事了。初次閱讀這些詩的時候，人們可能會困惑於其中的各種寓意甚廣，但若再繼續讀下去，我想是這樣——你必須從這個統一的整體當中發現，微小的寓意確實微小，然而宏大的寓意自有它宏大之理，就像火堆當中的那團火焰。在我看來是這樣的。

您誠摯的

法蘭茲・卡夫卡

《給菲莉絲的信》節選

Ausgewählte Briefe an Felice Bauer

I. 一九一二年十一月二十三日

郵戳：布拉格

我最親愛的，天啊，我是多麼愛你！此刻已是深夜，我把我的小故事擱在一旁，其實我已經有兩個晚上完全沒有動過它，在靜默之中，它開始長成一個更大的故事。要讀給你嗎？我該怎麼做？就算它已經完成了？這篇小說的字跡難辨，卽便這未必是個障礙，因爲我直到如今始終沒有用美麗的字跡寵壞你，所以我也不願意寄任何東西給你讀。我要爲你朗讀。是的，假如我能爲你朗讀這篇故事，同時因爲它有些可怕，致使我被迫握住你的手，這樣會很美。這個故事叫作〈變形記〉。它會使你非常恐懼，而也許你會因爲這整篇故事而心生感動，因爲裡面都是恐懼，而很可惜地，我必須每天用我的信給你帶來恐懼。我最親愛的你，就讓我們憑藉這張更好的信紙，也一起開始更好的生活吧。就在我書寫上一句話的時候，我抬頭仰望，突然感到你就在那高處，而你其實並不在那裡，很可惜事實就是如此，但你卻在那深處陪著我。然而，那裡確實有個深處，你別以爲那是錯覺，從現在起，當我們愈是安寧地寫信給彼此——願上帝最終給我們這份餽贈——那麼你就會看得更加清楚。假如你儘管如此，仍留在我的身邊，那該多好！事到如今，也許安寧與力量注定是要留在悲傷的不安與虛弱之中。

我現在太沮喪了，也許我根本不該給你寫信。我的小故事中的主人公，今天依然過得很糟，而這只是他現在持續不斷的不幸當中的最後階段罷了。我該要如何幫它搞笑收場呢？然而，假如我的信只是一個例子，說明了你也不該撕掉曾經爲我寫下的，哪怕是最微乎其微的一張紙條，那麼它就還是一封很好並且重要的信。我要順道一提，請別以爲我一直都是如此悲傷，我才不是這樣的，除了有一點我再怎樣都無可抱怨，這個黑點毫無例外，它仍然可以維持著美好，並且因著你的良善而變得美妙。星期天假如我的時間與能力許可，我要好好地向你傾吐，你可以雙手空空地迎接這份聖誕大禮。最親愛的你，現在是時候上床睡覺了，但願上天賜給你一個美好的週日，也賜給我一些你的所思所想。

法蘭茲

II. 一九一二年十一月三十日

（捷克勞工意外傷殘保險局信箋）

郵戳：布拉格

我最親愛的你，無論我身在何方，你都應該被思念，因爲這個緣故，現在我在我老闆的辦公桌上寫信給你（我正替代他的工作）。今天你的兩封長信與兩張卡片使我多麼高興！順道一提，那兩張卡片非常詭異地又晚到了，它們比你星期五夜裡寫來的信更晚抵達。我……（剛剛局長打電話給我，嚇了我一跳，他幾乎沒有成功過）我剛剛人在菸草店，買了寄信用的郵票，好讓你在星期天收到它，假如郵局願意的話（親愛的，是這樣，信件常常寄丟，但是我已經受夠了老是追蹤信件）。剛剛郵差就站在我旁邊，最上面是你的信，我用力地一把抓起它，結果整捆信幾乎搖搖欲墜。

你們正在進行的準備多麼偉大！我應該很快就會收到紀念文集了。有關俄羅斯芭蕾舞團的爭論，內容大概如何？它們也發生在劇院中嗎？請別因爲我而感到不安，其實我沒事的，至少我不會哭著把自己扔上貴妃椅，我只擔心這樣的事情發生在你身上。你知道，這個廣闊的世界有著如此美麗的療養院。我很快就會寫信告訴你這些事。告訴我，爲什麼你的演員同事會同情你，並且諒解你的緊張情緒？何況你並非總是緊張，而且準備節慶的時候，每個人多少都會緊張，緊張起來怎麼會知道要同情他人？冷靜下來吧。你說我們每個人都應該爲了顧及他人而冷靜，這個想法多棒。我無意識地練習這麼做，已經好長一段時間，卻鮮少成功。從你的不安之中，我察覺到自己在這方面成功的機會有多麼少。我全然地信任你，請別誤解了我，我怎麼可能有辦法愛著某人，卻不信任他而繼續生活？但是邪惡在我這邊，它只在我這邊，這時它就這樣蔓延，從而使你驚嚇。有時我想，假如我們可以聯合起來抵抗，它就只能棄守，那麼我想我又會更加明白了。

現在我眞的得停筆了，一個老闆是不可以寫信給他最心愛的人的。在我們的部門大約有七十名公務員，要是所有人都有樣學樣——雖然其實應該如此——後果恐怕不堪設想。

對了，那位小小的布呂爾小姐怎麼樣了？是不是我的卡片害她頭痛了？還是她到頭來根本沒收到？根據我古老的基本觀念，我想這個可能性似乎是最高的。

我隨函發送一場朗讀會的邀請給你。我會朗讀那篇給你的小故事[1]。相信我，你會在那裡的，即便你留在柏林。帶著你的故事，某種程度也就是和你一起出現在公眾面前，這種感覺多麼古怪。這個故事既悲傷又尷尬，沒有人會懂得我

1 此指卡夫卡於九月二十二日晚間至次日清晨寫成的短篇作品〈判決〉。卡夫卡應韋利．哈斯（Willy Haas，一八九一－一九七三年）之邀，同年十二月四日於大公爵施爾凡飯店（Erzherzog Stephan）舉行朗讀會。朗讀會當天情形，見下一篇節選〈一九一二年十二月四至五日晚間〉。

在朗讀會時的愉悅表情。

法蘭茲

（隨函附上的一張紙）我最心愛的你！我真該被惡魔帶走！我在夜裡分心，好像把預計星期天寄到你家的信，不小心將地址寫成你的辦公室了。寄到你家的信我不敢用快遞。儘管星期天寄達的機會不高，無論如何，郵局還是很有機會表現出色的。抱歉！

III. 一九一二年十二月四至五日晚間

郵戳：布拉格

啊，最親愛的愛人，我無盡地愛著你，對我的小故事來說眞的已經爲時已晚，一如我所憂懼的那樣，它將盯著天空，直到明天夜裡都不會完成。但是菲莉絲，對孩子氣的女士如你，此時此刻，此時此刻永遠都是絕無僅有的對的時間。我把這封電報當成一個吻，它滋味美好、使人愉悅，我的愛人啊，而它的驕傲自負，不也是一種祝福？每個其他的晚間都比今晚更重要，今天我只想自娛，而其他日子的晚上則用以解放自我。我最親愛的，我實在太喜歡朗讀了，我喜歡在屏氣凝神、期待聆聽的觀眾面前，將如雷的朗讀聲送進他們的耳朵，爲他們可憐的心注入溫暖。但我也確實用力地對他們吼叫了，從隔壁廳室傳來的音樂，破壞了我爲朗讀所做出的努力，因此我就這樣用吼聲把它們吹散。你知道，對別人發號施令，或者至少是相信他人的指揮——沒有什麼比這樣更能帶給身體巨大的滿足感了。幾年前，當我還是個孩子的時候，我喜歡夢想自己在一個擠滿人的寬敞大廳裡，沒日沒夜一口氣朗讀完整本《情感教育》[2]。尤其那時我的心、聲音與智性的力量都比現還要強，整本讀完花上幾天是必要的，而且當然是用法語朗讀（噢，你看看我的發音！），而牆壁則發出回聲。每次只要我開口說話，我會覺得自己可能用說的會比朗讀來得好（這種情況是很少見的），我感受到這種激越，而今天我也無怨無悔。某種程度上來說，這就是這四分之一年來，我賞給自己的唯一一次公衆娛樂——而它也意味著寬恕。這段時間以來，我確實幾乎完全沒有跟陌生人說過話。唯一交談過的人只有史托瑟[3]。十四天前，我本來應該要跟你的朋友史密茲見面的，我幾乎僅僅是爲你的關係，才吸引了我去跟他打交道，但是我因爲睡過頭而錯過了。你知道史托瑟嗎？這個人實在厲害，人類的創造力從他的臉上翔實展露出來，否則那充滿血色、掛著鷹勾鼻的臉龐，其實也是猶太屠夫的模樣（等等，我的一份圖錄中有他的照片，我趕緊附上）。現在我說話有些語無倫次，可是親愛的，假如我不被允許在你面前如此，那麼我還能對誰這樣呢？況且這個習慣想必是從朗讀遺留下來的，它們還殘留在我的指尖。爲了擁有一些不太顯眼、但卻又屬於你的東西在手邊，我把你的節慶明信片帶在身邊，打算在朗讀會的時候靜靜地將手放在它上面，以這樣的方式，讓你用最簡單的魔法給我撐持。然而，當這個故事深入我的血液時，我先是開始把玩那張卡片，然後不知不覺還把它壓壞了，幸好摺到的地方不是你的手，否則你就沒法再寫信給我了，這樣一來，這個晚上對我來說豈不是太昂貴了？然而，對於這個給你的故事

2 《情感教育》（*Education Sentimentale*），法國作家福樓拜（Gustave Flaubert，一八二一—一八八〇年）發表於一八六九年的長篇小說。

3 奧托·史托瑟（Otto Stoessl，一八七五年—一九三六年），奧地利猶太作家。

〈判決〉，你甚至一無所知。它有些狂野與無意義，假如它沒有了內在的眞理，那麼它就什麼也不是（而眞理永遠無法被普遍認定，卻必須讓每個讀者或聽衆一再而再地承認或否認）。它也有大量的錯誤，對於這麼小的篇幅（十七頁打字稿）來說，實在難以想像，我已經不知道爲何我要將這場至少是非常可疑的誕生獻給你。但每個人所給予的，正是他所擁有的，我獻出我自己作爲附屬物的小故事，你則獻出愛情這份巨大的禮物。啊，我最親愛的你，因爲你，我是多麼幸福；這篇給你的故事，結尾使我熱淚盈眶，而這份幸福的眼淚也摻雜在裡面。

告訴我，我該如何讓自己配得上今天給你的這封信？譬如第二張紙上滿是我犯罪般勒索的折磨，當我在第三張信紙寫及我那場記憶猶存的旅行，稍稍帶給你安寧之後，我才鬆了一口氣。你看，我們人類是如何被玩弄的，你埋怨自己離開布拉格的時候，沒有人來送你上火車——至少今天我回想起這件事情是如此——我多想出現在你的車廂踏板上，與你共乘一段，好能夠看看你的車廂。（可是這太瘋狂了，我本來可以上火車的——可是在這令人質疑的深夜，此刻夜已深，能爲心愛的人所做的最困難的事，恐怕還不夠困難。）剛剛我突然想到——你最新其中一封信中，曾經寫到「對你」而不是「對我」，假如你的筆誤有一天變成眞實，那該多好！（安靜，安靜！我會乖乖閉嘴。）——而分店的事情早已被我知道——別否認！別否認！——你們在布拉格其實並沒有分店。當然，我很早就發現了阿德勒公司，因爲我覺得你們是競爭對手，所以每次經過它，我都會吐口水，就像我在某留聲機公司的店門口做的那樣。順道一問，不知道你們是否會聽從我的建議，在腓特烈大街上開一家留聲機沙龍？假如那是有利可圖的，那麼應該還可以在西邊的某個地方再開一間。在巴黎，一位令人印象深刻的女士坐在房間中央高高的座位上，她用一隻手幫遊客的錢換成代幣，除此之外無事可做。假如你以事業發起人的身分在柏林獲得了這份工作，不知道會怎麼樣？我之所以這麼說，是因爲那樣你的另一隻手就不必用於職務，而可以整天給我寫信了。我的愛人啊，我怎麼會因爲對你的渴望而說出這些愚蠢的話？我的愛人啊，我會爲自己感到非常悲傷。要是我把寫信給你的那些時間都逐一串起，並且把它們用在柏林的旅行上，那麼我早就在你的身邊，並且可以看著你的眼睛了。而我卻在這裡用愚蠢的話語寫下一封封的信，彷彿生命永恆地持續下去，一刻都沒減少。

不，現在我不要再繼續寫下去了，我已興致盡失，我要上床睡覺，然後對著自己說出你的名字，菲莉絲！菲莉絲！你的名字無所不能，它給我帶來激動與安寧。祝你晚安，好夢連連，就像他們所說的那樣。我只剩下一個問題。你是怎麼在床上寫字的？墨水瓶放在哪裡？信紙都放在膝蓋上嗎？我沒辦法這樣，當我坐在辦公桌前的時候，我感覺到你的字跡比我的更堅定。你的棉被都不會沾到墨水嗎？還有你可憐的、可憐的背！而這樣也會無可避免地毀了可愛的眼睛。在這裡，相反地，就像在中國那樣，是女朋友想要把男人的燈拿開。所以他並不比中國的書生更加理性（中國文學中總是有許多對「苦讀書生」的譏諷與尊敬），因爲他不願意讓愛人在夜裡寫信，卻貪婪地從郵差手中搶走了夜晚的信。

現在，再見了，我最親愛的你，最後一個吻。我簽下我的名字。

法蘭茲

而我形單影隻，卻非獨自一人，因為我想，我也還可以在簽字的背後吻你。最親愛的你，現在與你道別竟是如此艱難，要是我們真的見面了，恐怕更不堪設想吧，你會明白，我在信中帶給你的痛苦，比起與我真實交往所帶來的難熬，僅是小事一樁。別了，我最親愛的你。這封新寫的信，上面有我新簽的名字，它一再向你索要新的吻，並且思念著它們。

（信緣）今天不再有來信了。

IV. 一九一二年十二月六至七日晚間

郵戳：布拉格

哭吧，我最親愛的你，哭吧，現在正是哭泣的時候！我的小故事裡面的主人公不久前死去了。他死得很平靜，而且與所有人和解了，希望聽到這些能夠使你寬慰。這個故事本身還沒有完全結束，我對它已經失去興趣，並且開始厭惡幫它結尾，就留待明天了。現在也已經很晚了，我花了不少力氣才克服掉昨天的干擾。遺憾的是，在故事中的某些段落，同時也記載了我的疲憊、無謂的干擾，以及與之無關的擔憂；其實它應該要寫得更細緻才對，特別是那幾頁溫柔的段落。這種感覺揮之不去——我感到發自內心的那股創作力，撇除它的強度與耐力，在更為有利的生活環境下，我應當能憑藉一己之力，完成一部比現在這個版本更精細、更磅礴且更有條理的作品。沒有任何理性的因素可以爲這種感覺卸責，當然，儘管除了理性，沒有任何一個人有權利說：因爲環境不允許、也不能指望它會改變，所以只好接受現實。不管明天如何，我希望我可以把故事好好寫完，後天再回到長篇小說去。

我可憐的愛人，你想知道給你的信幾時抵達，才好應對與安排嗎？可是郵務非常難以預測，尤其是奧地利這邊，工作完全隨興發揮，一如暑期娛樂中的郵務鬧劇。您的第一封快的信件將於星期一上午十一點抵達我的公寓，第二封則將於星期三上午九點至十點之間抵達辦公室，令我無地自容的是，這些信件裡面有我的照片，現在我已經開始害怕了。天知道你會怎麼笑我！每時每刻我都害怕收到一封這樣的電報：「法蘭茲，你好帥。」萬一收到了，我別無他法，只好爬到桌子底下去。

幸運的女孩啊，你看，附上的這則剪報當中，儘管那只是一場私人活動，獻給你的小故事卻被公開且誇張地讚揚了。寫下它的人並不是一個無關緊要的人，而是保羅．維格勒[4]。你知道他嗎？他寫過幾本很棒的書，並且爲幾本法文書做了更棒的翻譯。他令人羨慕的地方就是二月他就可以到柏林了，而我呢？不過，他是以戲劇評論家的身分到《柏林晨報》[5]去，這點就又不令人羨慕了。每個人自有他的痛苦。

啊，我最親愛的你，又到了結束與親吻的時候了，否則我的老闆就會站在我們倆中間，這是一定要提防的。最親愛的，我的愛人！讓我再呼喚你兩回。

你的法蘭茲

V. 一九一三年二月十三至十四日

你今天的來信是跟第二封一起寄達的。這是否意味著那天早上你的眼睛還在發炎，所以就沒有進辦公室？如果是這樣的話，你也許會附上一張紙條跟我說？而掉進你眼睛裡的，眞的只是一小粒灰塵或是一小根頭髮嗎？這樣雖然會刺激眼睛，卻不至於讓它發炎才對？在你們那邊難道沒有人懂得掀開眼瞼，然後清潔眼睛的嗎？儘管過去我很少受到血腥的大手術之擾，但我永遠也不會進行這種對身體的小型侵入，而且幾乎不會去看它，因爲這樣的入侵使我想起，或說使我意識到，甚或是讓我相信——人體結構竟是那麼地原始，有機體當中包含著許多的機

4 保羅·維格勒（Paul Wiegler，一八七八—一九四九年），德國作家、文學史家及翻譯家。

5 《柏林晨報》（*Berliner Morgenpost*），德國出版家里歐普·烏爾斯坦（Leopold Ullstein，一八二六—一八九九年）創立於一八九八年德國柏林的報紙，爲迄今柏林最重要的日報之一。

械性。也許你到頭來也會害怕讓自己的眼瞼被人掀開？我只要一想到有人必須對你做出這樣的——想當然耳是無害的——侵入，我眞的會感到不寒而慄。

我最親愛的你，今天是做出如下承諾的好時機——請您答應我，並且爲這份承諾做出擔保，只要你的身體有任何不適，就要立卽、淸楚且眞實地寫信告訴我，儘管我在遠方的擔憂無法遏阻你身體的不適，但是你只要詳實地寫來讓我知道，我絕對不會把事情想得很嚴重。你看，我一點也沒有要求你誇大其辭，把事態說得嚴重；誇大其辭多麼容易被人識破，雖然我自己常常這麼做，但是畢竟我更多是因爲自己的性格使然，而不是爲了對你體貼才這麼做。

昨天我收到獻給你的小故事〈判決〉的校對稿。我們的名字在標題之下相連，是一件多麼美好的事！希望你在讀到這篇故事時，不會後悔自己當初同意我提及你的名字（當然只會顯示菲莉絲．B.），因爲就算你跟任何你想分享的人展示這篇故事，都不會有任何人喜歡它的。假如我能夠將你的名字放上去，那麼於我來說就是一場安慰，或者說，一種接近安慰的感覺，即使你禁止我這麼做。因爲題獻固然只是我對你的愛的一個微小印記，但它卻是令人懷疑之餘又毋庸置疑的，而這份愛所賴以維生的，並非來自許可，而是強迫。——順道一提，若你想抗辯，你還有時間，書籍的出版時程推遲了，距離出版還有幾個月的時間。

我的愛人！看啊，那些不寫作的時光是如何使我輾轉反側，它們在我的面前無盡無垠。整個晚上我都在期待寫信給你，如今寫著寫著，我開始覺得累了，或者說，我假裝自己累了，所以目光呆滯地噘起嘴，信就在此收尾。

法蘭茲

VI. 一九一三年四月五日

菲莉絲，就在昨天，我出乎意料地收到了你的來信；晚上七點的時候，我回到家，樓下的女門房把信遞給了我。郵差太懶惰，不肯爬上四樓。你寫的信是多麼平靜與甜美！彷彿有一位守護天使跟著我一路走來，直到這終極的一步，也就是當我決定不要說出事物的全貌，而是扭扭捏捏，以含糊不清的話語說出大部分的事，我想這些事情終究是可以理解的。現在我已經回不去了，這最後一步，假如一直以來都是認眞且絕對必要的話，我實在無法開玩笑帶過。而且，在你昨天第二次收到的信中，還有今天興許會出現在你眼前的信中，我已經說得太多；或許是因爲這樣，所以今天我才沒有收到你的消息。

（字裡行間）不，你的快捷信件現在來了。最親愛的你，我多麼害怕你不明白我的那封信，或是無法明白，你也許會笑我蠢，但是這份害怕是其來有自的。

不，菲莉絲，我的外表並不是我最糟的特質。「多希望聖靈降臨節趕快來！」此刻，我的內心多麼愚痴，迸裂出這樣的願望（此刻！）。對我來說，此刻幾乎沒有比它更荒謬的願望了。前天我走經國家火車站的抵達大廳。不管是好的壞的，我都沒有多想，也幾乎沒有注意到站在那邊的幾名雜役，他們是衣衫襤褸的一家之主，這份職業所附帶的特性，就是擦眼睛、打呵欠與隨地吐痰。我還沒來得及了解箇中關係，就開始嫉妒起他們來（這也沒什麼大不了，因爲我嫉妒每個人，並且老是喜歡假想自己就是他人），直到後來，我才意識到在這樣的嫉妒當中，也摻雜了對你的思念。當你的腳第一次從車站門檻放到人行道上時，也許這些雜役也站在這裡，他們看著你叫了一輛車，付給搬運工酬勞，上車，然後便消失了。

如果要穿越車水馬龍，追著你的車，既不讓它離開視線，也不被障礙所蒙蔽，這應該會是一項我能夠勝任的任務。否則呢？否則又會怎樣？

法蘭茲

從附上的信中你可以看見，我所擁有的是一位多麼值得珍視的出版者。他年約二十五歲，長相俊美，上帝給了他一個美麗的妻子，幾百萬馬克，擁有對出版業的興趣與些許的出版意識。

（附件）

庫特・沃爾夫出版社
致 法蘭茲・卡夫卡博士
布拉格
尼可拉斯街三十六號
一九一三年四月二日

令人尊敬的卡夫卡博士！在此我非常誠摯，請求您盡可能快地將您小說的第一章寄給我，以便我能夠馬上閱讀。依您與布羅德博士之見，小說應當能夠單獨出版。在此要請您提供有關甲蟲的小說之謄本或手稿。星期日我將出國旅行數週，盼能在此前讀完這兩部作品。

若您能遂本人之願，我將視為您對在下之珍視。
願我們能再次相見，並比上回在萊比錫會面時更有餘裕。

您誠摯的

庫特・沃爾夫敬上

VII. 一九一三年五月一日

沒有信。會不會是我沒有讀懂那封電報？雖然我讀了那麼多遍，而且還把它放在我的枕頭下過夜。我最心愛的你，千萬不要覺得我寫信只是在責備你，別覺得我是個令人厭惡且忘恩負義之人。可是你知道，儘管我人在辦公室，其實我的心卻在信裡面跳動著，我想我的心是以它爲家的。然後我跑回家，沒有任何消息，由此我被判決，至少還得再等上一天一夜。我不是想煩擾你。此際是夏天，你應該別寫太多，就算一時半刻沒有寫信，也別感到不安——好的，那我們就這麼確定了，每個星期我只收到一封你的來信，每個星期天，而且是一定，不管你是不是忙著搬家或看展覽，或者是發生了什麼我看來不幸的事。總之你可以在有時間與興致的時候寫在信裡，並且務必在每個星期六早上將它投進郵筒。你願意這樣地對我好嗎？好讓我不用再等待，好讓我不會度日如年，因爲這裡的時鐘只有在你的信抵達時才會敲響。這樣也會讓我的頭比較不疼；雖然目前我看似是因爲這份請求而瞎編了一場頭痛，但我確實是時常患頭疼的。其實也不能說是頭疼，而是一種難以形容的緊張。我內心的醫生告訴我，我應該書寫。儘管我的頭腦感到不確定，儘管前些日子我有機會體認到自己在寫作上的不足，但我還是要書寫。是的，我還沒有寫信告訴你，下個月我有一本很小的書（它共有四十七頁）將要出版，現在這裡有第二版的修訂。這是一個不幸的長篇小說的第一章，叫作《司爐：一則斷簡》。它會在沃爾夫出版的平價文庫系列中出版，這個系列的名字有點奇怪，叫作《最後一日》，單冊售價八十芬尼。我並不很喜歡這整個系列，因爲每部作品的人爲創造對於構成一個書系的統一體，是無效的。但首先這是我應該給沃爾夫先生的回報，其次則是他多少鼓勵了我出版它，第三是他待我不薄，允諾我日後將把〈司爐〉與那篇給你的故事，連同另一篇放在一部規模較大的選集當中再行出版。——只要我說起除了你以外的事情，我就會感到失落。

法蘭茲

VIII. 一九一三年六月二日

郵戳：布拉格

我的身後正坐著勒維[6]，他在讀書。不，菲莉絲，並不是因爲他占去了我的精神，所以我才沒有寫信給你，有什麼能夠把我占去，剝奪掉我對你的思念？但我正等待著你的來信。現在我多想對你發誓，我們會平靜且互不干擾地寫信給彼此，但我卻無法爲自己擔保。我最親愛的你，現在你試想——即便這樣的想法並不是無可非議的——不只是距離使我這樣，而是就算我在你的近旁，我也會一直這樣，而且是一方面更加絕望，另一方面更加困倦。我思考著這些，心中不由得一直想起寫給你父親的那封信。

最親愛的菲莉絲，我想請你，像從前那樣，寫信告訴我關於你的事情，關於辦公室、你的女友們，你的家人、你的散步，你的書籍……你不知道我有多需要它們好繼續生活。

你是否發現了〈判決〉有任何意義？我指的是任何一種簡單、連貫且可以被遵循的意義。我沒辦法找到，也無法解釋當中的任何內容。但是當中有許多奇怪的東西。光是看看名字吧！寫這篇故事的時候，儘管我已認識了你，並且因爲你的存在而更加珍視這世界，但那時候的我尚未開始寫信給你。現在你看，葛奧格跟法蘭茲的字母一樣多，「本德曼」（Bendemann）則由「本德」與「曼」兩個字組成，本德跟卡夫卡的字母一樣多，而且兩個母音在同樣的位置，「曼」[7]這個字大概是因爲同情可憐的「本德」，所以強化了它的戰鬥。芙烈達（Frieda）與菲莉

6 伊茲查克．勒維（Jizchak Löwy，一八八七—一九四二年），波蘭意第緒語演員。於一九一一年至布拉格巡迴演出時與卡夫卡成爲好友。

7 Mann，「男人」之意。

絲（Felice）的字母一樣多，而且開頭的字母也一樣。「和平」與「幸福」的關係也相近。布蘭登斐（Brandenfeld）這個名字當中的「斐」[8]與「包爾」[9]有一定的關係，而且開頭的字母也相同。還有一些類似的例子，當然這些都是我後來才發現的。我想順道跟你說，這整篇故事是在一個夜裡寫出來的，從晚間十一點到清晨六點。那時候我剛剛經歷了一個幾乎要令人吶喊的不幸的星期天（整個下午我都默不作聲繞著我妹夫的親戚轉，那是他們第一次來我們家拜訪），所以當我坐下來寫作的時候，我想描述一場戰鬥，一名年輕人從他的窗邊看見一大群人走過了橋，向他走去，接著一切就在我的手心裡變了樣。——再說件重要的事——倒數第二行的最後一個字應該是「摔下去」而不是「摔倒」。這樣一來，現在是否就沒問題了呢？

IX. 一九一五年十二月五日

郵戳：布拉格

親愛的菲莉絲，

我的生活一如往常，只是頭疼不再像從前那樣刺痛，這點令我欣慰。我之所以不寫作，原因也在於此，之前我已經提過，我想理由是很充分的。你肯定還記得我在卡爾斯巴德[10]的模樣。事到如今，我的情況可能是每況愈下了。可是此刻

8 Feld，「田野」之意。

9 Bauer，「農夫」之意。

10 卡爾斯巴德（Karlsbad），捷克西部城市卡羅維瓦利（Karlovy Vary）之德語舊稱，十四世紀建城，以溫泉著稱，爲療養聖地，直到一九一八年奧匈帝國瓦解、捷克斯洛伐克共和國建立之前，該城絕大多數的居民爲德語人口。

我並不想將這樣的一個人推向你，你不應該看見這樣的我，而且對於你能否來一趟博登巴赫[11]，我是一無所知的，若要我去一趟柏林，那自然是沒有辦法的，因爲我沒有護照。但是就像我說的，卽便可能，我也不願在博登巴赫讓你看見我，哪怕是在布拉格，我也不願意。我之所以這樣說，並不是在表示我感到徹底絕望。我怎麼能活著而不懷抱希望？

可是對你來說，寫作並不存在著直接的障礙。爲何我有時無法獲知你的消息？是不是我讓你爲我傷心了？我該怎麼做才好？我覺得卽使現在有個天使從天堂向我發出眞實的聲音，也沒有辦法使我振作起來；我無法自拔。若你問我爲何如此，我除了給出外部理由之外，幾乎找不到其他因素了，卽便我提到的失眠與頭疼確實是如此劇烈。

給你妹妹的包裹明天就會寄出。接下來我會把馬克斯的新小說[12]寄給你讀，那是我很喜歡的一部作品。

最誠摯的祝福

法蘭茲

可以給我艾娜[13]的地址嗎？我想把《變形記》寄給她。

——

你可愛的卡片們已抵達。若能相聚，固然是美事一樁，可是我們不該這麼

11 博登巴赫（Bodenbach），捷克北部城市德欽（Děčín）之德語舊稱。

12 此指馬克斯・布羅德的小說《第谷・布拉厄的通往上帝之路》（*Tycho Brahes Weg zu Gott*，一九一六年）。第谷・布拉厄（Tycho Brahe，一五四六－一六〇一年）為十六世紀丹麥貴族、天文學家與煉金術士。

13 此指艾娜・包爾（Erna Bauer，一八八五－一九七八年），菲莉絲・包爾的二姊。

做。因為這樣又會過於倉促，而我們已飽受倉促行事之苦。這樣我只會再一次讓你失望，甚至現在也是，我是個由失眠與頭疼所形構的怪人。這次我們就別見面了，我是完全不會離開布拉格的，放假的時候，我會在老步道上蜿蜒而行。

你的工作是否一切安好？有沒有哥哥的消息？還有家人的情況如何？你的消息使我多麼高興，非這封罕見簡短的信中筆墨所能盡述。

F.

X. 一九一五年十二月二十四日

（明信片）

寄達郵戳：柏林

親愛的菲莉絲，

今天只有幾行字，寫在一張卡片寄出也比較安全，我再度頭痛欲裂。我只是想回覆你主要的問題——我當然會想在戰後重整生活。那時我會移居柏林，儘管身爲公務員對未來有無限的擔憂，但是在這裡是無法繼續下去的。可是，究竟是怎樣的人會移居呢？以我現在的狀況看來，像我這樣的一個人，爲自己工作一星期，之後就精疲力竭，我最好的情況僅是如此。

今夜多好！今日多好！我應該在一九一二年就離開的。

最誠摯的祝福

法蘭茲

（卡片背面）有關馮塔納獎，我幾乎也是看了報紙才知道的，先前出版社曾有一次約略為我做了準備。我不認識史登海姆，也沒有與他通過信。《變形記》成書出版了，裝幀看來很美。如果你想，我會把它寄給你。艾娜的地址如何？包裹是否順利收到了？

XI. 一九一六年七月二十五日

（明信片）

郵戳：布拉格

我最親愛的小可憐（之所以可憐，是因爲我們都很可憐，還有因爲當你對可憐的人愛莫能助的時候，就只能撫摸他的臉頰了），我又回到辦公室，陷入了哀戚的泥沼。我在信件當中，還發現了一封出版社（庫特·沃爾夫）的來信，不，眼下這是毫無意義的東西，兩、三年前，它或許還有非常美好的意義。[14]——我想在陽台上寫信給你，作爲我在馬倫巴的最後一幕，可是時間卻只足夠簡單環顧

14 此指卡夫卡與庫特·沃爾夫出版社溝通多時仍無法出版的選集《懲罰》。

四周，並且吞下半公斤的櫻桃。我想順便說，昨夜是最棒的一晚，我幾乎無間斷地睡了六小時（據我所知），這對我的神經來說是聞所未聞的一種壯舉。（我老是被站在我桌子周圍的人們打擾。）但是這裡的事情比那邊更容易讓我搖頭，我不知道事情之後會變得怎樣。可以確定的是，我們彼此扶持是件好事。——《司爐》是不會絕版的，從馬倫巴回來之後，它就會被寄出，只是會晚到。我會把它寄給你的。

接下來是有關萼慕特[15]，這本書對我們而言夠重要了。猶太人民之家[16]如何了？問候你，並期盼你接受我永恆的吻。

法蘭茲

XII. 一九一六年九月二十二日

（明信片）

郵戳：布拉格

最親愛的你，其實我並沒有想到你會再參加另一門課程。你是否有辦法在這樣的條件下通透一切，一來不累壞自己，二來不削弱你的吸收能力與表現？你提到的爭論是典型的，我的想法總是傾向於像蕭勒姆先生[17]給出的提議，看似要

15 蓴慕特・琴岑多夫伯爵夫人（Erdmuthe Dorothea von Zinzendorf，一七〇〇—一七五六年），德國虔信派讚美詩作者。

16 猶太人民之家（Jüdisches Volksheim）爲發軔於德國柏林的一項政治倡議及救援組織，由德裔以色列醫生暨教育家齊格飛・雷曼（Siegfried Lehmann，一八九二—一九五八年）於一九一六年發起，主要提供對於猶太戰爭孤兒與青少年的照護。

17 蕭勒姆（Gershom Scholem，一八九七—一八九二年），德裔以色列猶太宗教歷史學家。

求極高，同時又無所求。我們對於這些提議及其價值，是不能以擺在眼前的實際影響來衡量的。順道一提，我認爲這是普遍適用的。蕭勒姆的提議本身並非難以實行。——得知你與其他女孩相處融洽，而且希望能更親近她們，我感到非常高興。對一個人非常有害的是那種自我滿足，儘管那只是最微小的，我焦慮且親近的眼睛卻可以從你的信中讀出來，它們大抵像如下的句子突出：「我願意且能夠給予他們許多東西。」請不要認爲自己應得孩子們的感謝，你得永遠記得心懷感謝。假如一個人心中沒有值得感謝的事，那麼作爲一位小學女教師是非常可悲的，甚至連她所受的折磨都不會有報酬。一個地獄的形象。——這時我想起了接下來獻給你的老故事即將出版。我把過時的提獻改成了「致F.」。這樣你可以接受嗎？

問候，法蘭茲

XIII. 一九一六年十月七日

（明信片）

郵戳：布拉格

最親愛的你，

今天沒有消息。最好的消息該是你回家第一天晚上的報告，當然那是需要等待的，還沒法這麼快寫下來吧。若讓女孩們公開獲得平等的權利（假如我正確理解的話），也許只會使事情徒增棘手，並且招致過度批評者的批評。若讓她們實質獲得投票權，但卻不明確強調它，反而能相得益彰。也許事情都是這樣運作的，我只是不太了解你的想法。——令我生氣的是，那份報告是抄襲來的。要找一位女性抄寫員有多麼容易。可是面對這位女士，要拒絕她，卻是很難的。因爲距離遙遠，人很容易變得嚴厲。——馬克斯的文章〈我們的文學家與社群〉[18]或將發表於下一期的《猶太人月刊》[19]。

你要不要也跟我說說，我究竟是怎樣的一個人？上一期的《新評論》[20]提到了《變形記》，語氣有些排拒，理由充分：「K氏所擁有的說故事之技藝，源於典型的德意志風格。」相反地，馬克斯的文章則說：「K氏所說的故事，是我們這個時代最具有猶太色彩的文本之一。」

這個狀況著實困難。難道我是一個同時騎在兩匹馬的馬戲騎手？可惜的是，我並非騎手，而是躺平在地。

法蘭茲

XIV. 一九一六年十月十日

（明信片）

郵戳：布拉格

最親愛的你，

又是沒有消息的一天，眞是悲傷。對於你回家第一晚的情形、你的報告，以

18 此指馬克斯・布羅德發表於一九一六年的文章〈我們的文學家與社群〉（Unsere Literaten und die Gemeinschaft）。

19《猶太人月刊》（*Der Jude: eine Monatsschrift*，一九一六—一九二八年）爲德國哲學家馬丁・布伯（Martin Buber，一八七八—一九六五年）與出版家薩爾曼・薛肯創立於柏林與維也納的文化刊物。

20《新評論》（*Die neue Rundschau*），德語文學雜誌，自一八九〇年於柏林發行至今，爲歐洲歷史最悠久的文化雜誌之一。

及你的星期天，我完全一無所知。上個星期日你是否跟孩子們度過？還是上上星期日？如果是上個星期日，那麼你可能在豪雨之中淋濕了（沒有人躲得過它），奧特拉[21]與我在這裡，爲了躲過傾盆大雨的威脅，只有邁開如夏天行進的腳步曲折前進，但我錯了，因爲奧特拉當然一點也不怕下雨。

順道一提，假如某個泥巴浴前有個亭台，裡頭有張長椅，而椅上有你，那麼我也是不怕下雨的。——有關慕尼黑之行，爲了能及時準備，我想知道你幾時會抵達那邊？會住在哪間旅館？又，你幾時必須回去？如果可以的話，我會朗讀一篇你還不知道的故事。它的名字叫作〈在流刑地〉。——昨天我寄給你一本女子運動手冊，也許你用得上，裡面說的似乎很有道理。之後我會再寄些類似的東西給你。至於你跟孩子們一起時的讀物，我這邊還有些建議，你要牢記（除了「施勒米爾」[22]，你應該開始讀它）——赫伯爾[23]、托爾斯泰的《民間故事》[24]，安徒生的《幸福的鞋子》[25]。你選一下，我再寄給你。

21 奧特拉・卡夫卡（Ottla Kafka，一八九二—一九四三年），卡夫卡三個妹妹當中最小的一位，一九四三年死於奧斯維辛集中營。

22 此指阿德貝・封・沙米索（Adelbert von Chamisso，一七八一—一八三八年）的中篇童話小說《彼得・施勒米爾奇遇記》（*Peter Schlemihls wundersame Geschichte*，一八一四年）。

23 此指約翰・彼得・赫伯爾（Johann Peter Hebel，一七六〇—一八二六年），德語作家、詩人、新教牧師。

24 《民間故事》（*Volkserzählungen*，一八八一—一八八六年），俄國作家托爾斯泰（Lew Nikolajewitsch Tolstoi，一八二八—一九一〇年）的作品。

25 《幸福的鞋子》（*Die Galoschen des Glücks*，一八三八年），丹麥作家安徒生（Hans Christian Andersen，一八〇五—一八七五年）所創作之童話故事。

XV. 一九一六年十二月七日

（明信片）

郵戳：布拉格

最親愛的你，

已經多日沒有你的消息。你不用以爲我像在天堂那般活得好好的。也許我的相對安靜，只是一種不滿的積累，它會在某個晚上情緒潰堤，譬如昨晚，我多想嚎啕哭泣，而到了隔天則猶如行屍走肉，就像今天的我那樣。

——你問起有關我的朗讀會的評論，我只收到來自《慕尼黑-奧古斯堡晚報》[26]的一則剪報。它與第一篇相較略顯友善，但由於它跟第一篇基本上聲氣相通，所以當中較爲友善的氛圍反而強化了整個活動眞實的失敗感。

我一點也不想努力去了解其他的說法。無論如何我得承認，這樣的評判是有理的，幾乎與事實相符。我濫用了我的寫作，憑藉著它前往慕尼黑，其實我與這座城市毫無精神上的連繫，經過了兩年不寫作的時光，我居然異想天開，膽敢在公開場合朗讀，而我在布拉格卻已有一年半的時間，不曾朗讀任何作品給我最好的朋友們聽了。

對了，我在布拉格也還想起了里爾克的話。他先是對《司爐》有頗多讚美，提到《變形記》與〈在流刑地〉時，則說效果不及前者。

26 《慕尼黑－奧古斯堡晚報》（*Müinchner-Augsburger Abenduzeitung*，一六七六年—一九三四年），爲十七世紀至二十世紀發行於德語區的報紙，最初服務於新教讀者，以與天主教會競爭，後採自由主義立場。

這樣的評價並不容易理解，但卻是有洞察力的。

法蘭茲

卡夫卡
日記節錄

Auszüge
aus den Tagebüchern
von Franz Kafka

I. 一九一二年九月二十三日（星期一）

〈判決〉這篇故事，是我在二十二日到二十三日的晚上十點到清晨六點一口氣寫完的。我的雙腿因爲久坐而僵硬，幾乎難以從書桌底下拔出來。眼看著這個故事在我面前開展，一如我在一片水域中前進，箇中的辛苦與喜悅難以言喻。這個夜晚，有好幾次，我把自己的重量扛在背上。一如所有的一切都可以如此大膽恣意，爲這一切，爲這些最奇特的靈思，準備一把巨大的火焰，令它們逝去而又復活。窗外的天空變成藍色。一輛馬車駛過。兩個男人走過一座橋。凌晨兩點時，我最後一次看了時鐘。當女傭第一次穿過前廳的時候，我寫下最後一個句子。燈熄了，天亮了。心臟微微疼痛。疲憊消失在午夜。我顫抖地走進妹妹們的房間。大聲朗讀。此前我在女僕面前伸懶腰，說：「我一直寫到現在。」床鋪沒有動過，看起來像是此刻才安好的床。我確信，我與我的小說創作正處於寫作可恥的低地。只有在這樣肉身與靈魂都完全敞開的情境下，作品才能被寫出來。上午躺在床上。雙眼始終明亮。寫作時伴隨著許多感受，譬如，我將能給馬克斯的《樂土》選集提供一篇佳作。當然我也想起弗洛伊德，有個段落使我想起《阿諾德．貝爾》[1]，另一段使我想起瓦瑟曼[2]，還有（打碎的）那一段使我想到魏菲爾的〈女巨人〉[3]，當然還有我的〈城市的世界〉。

我，只有我才是劇院底層的旁觀者。

古斯塔夫．布連克特是個簡單的人，有著規律的習慣。他不喜歡不必要的鋪

1 此指馬克斯．布羅德的小說《阿諾德．貝爾：一個猶太人的命運》（*Arnold Beer. Das Schicksal eines Juden*，一九一二年）。

2 雅各．瓦瑟曼（Jakob Wassermann, 一八七三—一九三四年），德國作家，文學作品多產且暢銷。

3 此指奧匈帝國裔美籍猶太作家及詩人魏菲爾（Franz Werfel，一八九〇—一九四五年）的詩作〈女巨人的時代來臨〉（Die Zeit der Riesen kommt）。

張，同時對那些鋪張的人們有他自己的定見。儘管他是一名單身漢，他覺得自己完全有權利對朋友的終身大事說上幾句有決定性的話，任何對他這種權利感到質疑的人，就會被他疾言厲色對待。他總是直言不諱地說出自己的看法，也不會留住那些剛好意見不合的聽衆。到處都有人讚賞他、欽佩他、容忍他，以及那種再也不想聽到他消息的人。只要仔細觀察，你會發現，每個人——哪怕是最微不足道的人——都會成爲他周圍形成的某個緊密圓圈的中心。而像古斯塔夫．布連克特這樣一個基本上特別熱愛社交的人，又怎麼可能例外呢？

在他三十五歲的那一年，也就是他人生的最後一年，他跟一對姓司特朗的夫妻特別頻繁地往來。司特朗先生剛剛用妻子的錢開了一間家具店，而跟布連克特的熟識自是帶來了種種好處，因爲他主要的朋友圈多是適婚的年輕人，他們遲早都得思考購置新家具。他們已經習慣聽取布連克特的建議，因此在這方面，他們大致上也不會忽略他的意見。「他們被我牢牢掌控。」布連克特時常這麼說。

II. 一九一三年二月十一日（星期二）

爲了校對〈判決〉，我盡我所能地寫下這個故事當中我清楚的所有人物關係。這點是必要的。因爲這個故事就像一次眞正的分娩，夾帶著髒汙與黏液自我而出，只有我的手可以伸入體內，並且有興趣這麼做——

那個朋友是父子之間的紐帶，他是他們之間最大的共同點。葛奧格獨自一人坐在窗前，激動地在這個共同點裡翻尋，他感到體內有他的父親，並且將之視爲一件祥和的事，除了有那麼一瞬，悲傷的思緒來了又走。這個故事的發展顯示出，在朋友的這個共同點當中，父親的形象如何被突顯，並成爲葛奧格的對立體。他透過其他較小的共同點，強化了自身性格，亦即透過對母親的愛與依賴，透過對她忠實的記憶及透過父親最初爲了生意而爭取到的顧客。葛奧格一無所有，他的未婚妻在這個故事中，只透過與那位朋友的關係來展現，也就是與那個共同點之間的關係。由於婚禮尚未舉行，他的未婚妻也無法進入這對父子之間的血緣關係圈，並且很容易被父親趕走。

他們的共通之處是圍繞著父親而逐步建立起來的一切，葛奧格感到那只是一種陌生、已然獨立存在的東西，他從來不曾給予這些東西足夠的保護，它們暴露在俄國革命的威脅，只因爲他已經一無所有，僅存的是對父親的凝視，因此那場將他與父親完全隔絕開來的判決，對他的影響才如此強烈。

葛奧格這個名字的字母數目跟法蘭茲一樣多。本德曼的「曼」只是用來強化本德這個名字的性格，爲了這個故事所有未知的可能。而本德這個名字跟卡夫卡的字母數目也一樣多，連母音重複的位置也一樣。

芙烈達這個名字的字母數目跟菲莉絲也一樣多，而且首個字母相同。而布蘭登斐跟鮑爾的首個字母相同，「斐」的農田指涉跟鮑爾的農夫指涉有著某種關聯。也許想起柏林這件事甚至有了影響，而對布蘭登堡的回憶也許發生了作用。

III. 一九一三年二月十二日（星期三）

在著手描述那位在國外的友人時，我時常想起船舵。寫完這個故事大約過了四分之一年，我在一次偶然的機會與他碰面，那時他告訴我，他在差不多四分之一年前訂婚了。

昨天在威爾屈[4]家朗讀這個故事，老威爾屈聽完了以後走出去，一會兒又回來，對於故事中的圖像感大加讚美，他說：這位父親的形象歷歷在目。同時一面伸出手，眼睛定定地望著那張空蕩蕩的扶手椅，剛剛他聽我朗讀時還坐在上面。妹妹說：「那是我們的公寓。」我訝異於她居然搞錯地點，於是說：「那樣父親就得住在廁所裡了。」

4 菲力斯・威爾屈（Felix Weltsch，一八八四—一九六四），波西米亞以色列記者、作家，猶太復國主義哲學家。早年與卡夫卡及馬克斯・布羅德結爲好友，並爲布拉格文學圈重要成員。

IV. 一九一三年八月十四日（星期一）

相反的事情發生了。來了三封信。最後那封令我無法抗拒。我愛著她，盡我所能地愛，但是這樣的愛埋藏在恐懼與自責當中，將要令人窒息。

對我這樣的情況，我從〈判決〉獲得了結論。她以迂迴的方式間接促成了這個故事的生成，我為此感謝她。但是葛奧格卻因為他的未婚妻而毀滅了。

性交是相愛相守的幸福懲罰。生活要盡可能禁欲苦行，比一個單身漢更加禁欲苦行，對我來說，這是忍受婚姻唯一的方式。而她呢？

無論怎樣的情況，假如我與菲莉絲，我們兩人完全平等，假如我們擁有相同的前景與可能性，我都是不會結婚的。可是我已經把她的命運慢慢地推進了這條死胡同，它於是成為了我無法迴避的義務，儘管它的後果絕非不可預料。人類關係的某種祕密法則於是在此發生作用。

給她父母寫信的時候，我面臨了巨大的困難，尤其是因爲這份初稿在特別糟的情況下寫成，長此以往它不願被修訂。眼看著今天的修改幾近成功，至少裡面沒有不實之語，她的父母應可順利閱讀並且理解才是。

V. 一九一三年十月二十日（星期一）

今天早上沒來由地感到悲傷。晚上讀了雅各布松的《雅各布松事件》[5]。活出這種生命力，做出決定，帶著興致落腳在合適的地方。他端坐在自己的身體裡，就像一名秀異的划槳手乘於自己的小船，或是任何一艘船上。我想寫信給他。

但我沒有這麼做，而是去散步。途中遇見哈斯，跟他交談使得先前在閱讀中所累積的感受都被抹除。途中遇見各種女性，給我許多刺激。此刻我在家閱讀〈變形記〉，覺得它寫得很差。也許我眞的迷失了，今天早上的悲傷將又一次襲來，我的抵抗撐不了多久的。它奪走了我的每個希望。我甚至連寫日記都興致索然，也許是因爲日記裡面缺了太多東西，也許是因爲我總是只能描述出事物的半邊，而所有事物的表象必然只能被描述出半邊，也許是寫作這件事情本身使我的悲傷加劇。

我本來想寫些W[6]會喜歡的童話（爲何我如此討厭這個詞？）。有時她會在吃飯的時候把它們擺在桌子底下，有空的時候拿出來讀，直到發現療養院的醫生已經站在她的身後觀察她一陣子，她才害怕地羞紅了臉。她聽故事的時候，有時其實總是激動。（我發覺自己在回憶過去的時候，身體會產生強烈的負擔，那種痛苦令我害怕，在痛苦之中，沒有思維的空間底部慢慢開啟，或者只是稍微隆起。）所有的一切都在抗拒被書寫。假如我知道，那是她的戒令在起作用，要我不准說出有關她的事（我幾乎不用努力就恪守了這條戒令），那麼我也會感滿意，

5 齊格飛·雅各布松（Siegfried Jakobsohn，一八八一—一九二六年），德國記者、編輯、劇評家，一九〇五年創辦《看台》（*Die Schaubühne*）文藝雜誌，一九一八年更名爲《世界舞台》，一九三三年停刊。《雅各布松事件》（*Der Fall Jakobsohn*，一九一三年）爲出版於一九一三年的作品。

6 一九一三年九月，卡夫卡前往義大利北部加爾達湖畔的里瓦（Riva del Garda）旅行，入住當地療養院時愛上了同住的十八歲瑞士女性。此人身分不詳，在卡夫卡的日記中僅以W或是G.W.代稱。

但這樣不過就是我的無能罷了。此外我想說，今天晚上我花了很長的時間思考跟W的相識，是如何地奪去我跟那位俄羅斯女人之間的歡樂，她本來也許會讓我在夜裡進去她那位於我房間斜對面的房間，這絕非不可能。晚上我與W的交往方式，則是用敲打的語言進行，對此我們從未進行過明確的交談，我的房間在她的房間樓下，我會去敲敲天花板，獲得她的回應之後，我就會把頭伸出窗外，跟她打招呼。有一次，我獲得了她的垂青，我伸手抓住一條從樓上垂下來的緞帶，我坐在窗台上幾個小時，聆聽她在樓上的每個腳步，每個不小心發出來的敲擊聲，我都錯誤地理解爲一種交流的信號，我聽見她在咳嗽，以及她入睡的歌聲。

VI. 一九一三年十月二十一日（星期二）

徒勞的一天。拜訪林霍費爾工廠，參加艾倫費斯教授的討論課，去威爾屈家，晚餐，散步。現在這裡是晚上十點。我始終在思考黑色甲蟲，但我不會去寫。

在一個漁村的小港口，一艘小船正在準備出航。一名穿著燈籠褲的年輕人在監督準備工作。兩名老水手將麻袋與箱子扛到碼頭淺橋上，那裡有一名高大的男子以蹲馬步的姿勢接過所有東西，再交給從陰暗船艙向他伸出的任何一雙手。五個男人半躺在碼頭一角周圍的大方石上，他們抽著菸斗，往四面八方吞吐。穿燈籠褲的男人時不時走向他們，跟他們說上幾句話，並且拍拍他們的膝蓋。通常在其中一個方石後面的陰涼處會擺著一壺葡萄酒，有人遞上來，一杯暗紅色的濁酒，傳遞在人與人之間。

VII. 一九一四年一月十九日（星期一）

在辦公室，恐懼與自信交替出現。否則我通常更有信心。對於〈變形記〉非常厭惡。結尾讀不下去。到底是不完美的作品。要是我那時候沒有因爲出差妨礙了寫作，它將會好上許多。

VIII. 一九一四年十二月二日（星期三）

下午跟馬克斯與皮克[7]在魏菲爾家。朗讀了〈在流刑地〉，除了幾處非常明顯、無法抹除的錯誤，大致不算太不滿意。魏菲爾朗誦詩作，以及〈波斯皇后伊斯特〉[8]的兩段。這兩幕讓人神迷，但我是容易陷入迷惘的人。馬克斯對這齣劇作不甚滿意，他提出批評與比較，害我被干擾，一時不敢肯定自己在聆聽時襲來且留在記憶中的感動。我記得那些專業演員。W[9]美麗的妹妹們。年紀較長的那位靠在扶手椅上，經常側過身去看鏡子，她似乎已經被我的目光吞噬夠了，於

7 奧圖・皮克（Otto Pick，一八八七—一九四〇年），猶太裔捷克作家。

8 〈波斯皇后伊斯特〉（Esther, Kaiserin von Persien），爲奧匈帝國裔美籍猶太作家及詩人魏菲爾於一九一四年所發表的敍事詩，靈感來自《希伯來聖經》中的〈以斯帖記〉（Das Buch Ester）。

9 此爲詩人魏菲爾的縮寫。

是用一根手指輕輕點了一下別在她上衣中間的胸針。那是一件深藍色的低胸女上衣，開襟的部分由薄紗塡滿。他們不斷覆述劇院中的一幕——那些軍官在《陰謀與愛情》[10]這齣戲演出的時候，老是在台下大聲品評，說：「史貝巴赫也太高調。」這話指的是一名軍官，他在一個包廂裡倚牆站著。

今天的結論在遇到魏菲爾之前就呼之欲出——無論如何要繼續寫作，遺憾的是今天不可能了，因爲我疲憊且頭痛，早上在辦公室就已經隱約開始了。無論如何要繼續寫作，就算失眠及必須上班，它一定得是可能的。

今天夜裡作夢。跟德皇威廉一起。在城堡裡。美麗的景緻。一個像是在「菸草會議廳」那樣的房間。與瑪蒂德．瑟勞[11]聚會。可惜全都忘光了。

10《陰謀與愛情》（*Kabale und Liebe*，一七八四年）爲德國作家席勒（Friedrich Schiller，一七五九—一八〇五年）發表於一七八四年的戲劇作品。

11 瑪蒂德．瑟勞（Matilde Serao，一八五六—一九二七年），希臘裔義大利女記者與作家。

法蘭茲・卡夫卡年表

一八八三年　法蘭茲・卡夫卡於七月三日在布拉格出生，是商人赫爾曼・卡夫卡（Hermann Kafka）和妻子茱莉・洛維（Julie Löwy）的第一個孩子。卡夫卡有三個妹妹，愛莉・卡夫卡（Elli Kafka）、娃莉・卡夫卡（Valli Kafka）與奧特拉・卡夫卡（Ottla Kafka）；另有兩名早夭的弟弟。

一八八九—一九〇一年　先於肉品市場旁的國民小學就讀，一八九三年進入舊城區的德語中學，一九〇一年夏天中學畢業。

一九〇一—一九〇六年　就讀於布拉格德語大學（Deutsche Universität Prag）；起初修習化學、德語文學及藝術史課程，後來改讀法律。

一九〇二年　十月時與馬克斯・布羅德（Max Brod）首次相遇。

一九〇四年　開始寫作〈一場戰鬥紀實〉（Beschreibung eines Kampfes）的初稿。

一九〇六年　於六月獲得法學博士學位。

一九〇六—一九〇七年　在布拉格地方與刑事法庭實習。

一九〇七年　著手寫作〈鄉村婚禮籌備〉（Hochzeitsvorbereitungen auf dem Lande）的初稿。

一九〇七—一九〇八年　於布拉格「忠利保險公司」擔任臨時雇員。

一九〇八年　三月時首度發表作品：在文學雙月刊《亥伯龍神》（*Hyperion*）發表了幾篇短篇散文，均以〈沉思〉（Betrachtung）爲題；七月三十日進入「波西米亞王國布拉格勞工事故保險局」任職。

一九〇九年　於初夏開始寫札記；九月時和布羅德兄弟一同去義大利北部旅行，隨後在布拉格的《波西米亞日報》（*Bohemia*）發表〈布雷西亞的飛行機〉（Die Aeroplane in Brescia）；秋天編修〈一場戰鬥紀實〉的第二個版本。

一九一〇年　三月底在《波西米亞日報》發表了幾篇以〈沉思〉爲題的短篇散文；十月

時和布羅德兄弟前往巴黎旅行。

一九一一年

夏天時和馬克斯・布羅德前往瑞士、北義大利和巴黎旅行；九月底時在蘇黎世附近的「艾倫巴赫療養院」休養；遇見一個曾在布拉格演出數月的意第緒語劇團。

一九一二年

夏天時和馬克斯・布羅德前往萊比錫和威瑪旅行，隨後在哈茨山區施塔伯爾堡附近的「容波恩自然療養院」短期休養；八月時和菲莉絲・包爾（Felice Bauer）在布拉格首度相遇，九月時開始和她通信；寫出的作品包括〈判決〉（Das Urteil）和〈變形記〉（Die Verwandlung），卡夫卡同時開始創作長篇小說《失蹤者》（*Der Verschollene*，一九二七年由馬克斯・布羅德以《美國》〔*Amerika*〕爲題首度出版）；十二月，卡夫卡的第一本書《沉思》由德國萊比錫「恩斯特・羅沃特出版社」出版。

一九一三年

和菲莉絲密集通信；五月底時《司爐：一則斷簡》（*Der Heizer*，《失蹤者》的第一章）在「庫特・沃爾夫出版社」的《最新一日》文學叢刊（*Der jüngste Tag*）中出版；六月時〈判決〉在布羅德編集的年度文選《樂土》（*Arkadia*）中發表；九月時前往維也納、威尼斯及里瓦旅行。六月一日和菲莉絲在柏林正式訂婚，七月十二日解除婚約。

一九一四年

七月時經由德國北部呂北克前往丹麥的瑪麗里斯特旅行；八月初開始寫作小說《審判》（*Der Prozess*）；在接下來這段創作豐富的時間裡，卡夫卡還寫了〈在流刑地〉（In der Strafkolonie）等短篇故事。

一九一五年

一月時，在解除婚約後首次和菲莉絲見面；〈變形記〉發表於十月號的《白書頁》（*Die Weien Blätter*）文學月刊；獲頒「馮塔納文學獎」（Fontane-Preis）的卡爾·史登海姆（Carl Sternheim）把獎金轉贈給卡夫卡，作爲對他的肯定。

一九一六年

和菲莉絲的關係再度親密，七月時兩人一同前往馬倫巴度假；開始用八開的筆記簿寫作；十一月，《判決》在庫爾特·沃夫出版社的《最後一日》文學叢刊中出版。

一九一六—一九一七年

在位於黃金巷的工作室裡完成了許多短篇作品（主要包括後來收錄在《鄉村醫生》〔*Ein Landarzt*〕中的作品）。

一九一七—一九一八年

七月時和菲莉絲二度訂婚；八月時首度發現染患肺病的徵兆，九月四日診斷爲肺結核；十二月時二度解除婚約。

一九一七—一九一八年 在波西米亞北部的曲勞度過一段休養假期，住在一間農舍裡，由妹妹奧特拉料理家務；寫下一〇九條編號的《曲勞箴言錄》。

一九一九年 夏天時和茱莉・沃麗采克（Julie Wohryzek）訂婚；《在流刑地》於秋天在庫爾特・沃夫出版社出版；十一月時完成〈給父親的信〉（Brief an den Vater）。

一九二〇年 四月時在義大利梅蘭度過療養假期；開始和米蓮娜・葉森思卡（Milena Jesenska）通信；春天時在庫爾特・沃夫出版社出版了短篇故事集《鄉村醫生》；七月時解除了和茱莉・沃麗采克的婚約。

一九二〇—一九二一年 在塔特拉山的馬特里亞里療養（從一九二〇年十二月至一九二一年八月）。

一九二一年 從一月底至二月中於科克諾謝山的史賓德慕勒療養；開始寫作小說《城堡》（*Das Schloss*）；此外尚完成〈飢餓藝術家〉（Ein Hungerkünstler）等短篇；七月一日卡夫卡從「勞工事故保險局」退休；七月底至九月在波西米亞森林魯許尼茲河畔的卜拉那度過。

一九二三年　七月時在波羅的海的濱海小鎮米里茲和朵拉・迪亞芒（Dora Diamant）首度相遇；九月時從布拉格遷至柏林，和朵拉共同生活；寫出〈一名小女子〉（Eine kleine Frau）等作品。

一九二四年　健康情形惡化；三月時回到布拉格；完成〈約瑟芬、女歌手或者耗子的民族〉（Josefine, die Sängerin oder Das Volk der Mäuse）；四月時住進奧地利歐特曼一地的「維也納森林療養院」，隨後被送至維也納「哈謝克教授醫院」，最後住進維也納附近基爾林一地的「霍夫曼醫師療養院」；卡夫卡開始校訂他的故事集《飢餓藝術家》；六月三日去世；六月十一日葬於布拉格城郊史塔許尼茲的猶太墓園。

作　　者｜法蘭茲・卡夫卡　Franz Kafka
譯　　者｜彤雅立

副 社 長｜陳瀅如
總 編 輯｜戴偉傑
責任編輯｜涂東寧
行銷企劃｜陳雅雯、趙鴻祐
封面設計｜IAT-HUÂN TIUNN
內頁排版｜宸遠彩藝
印　　刷｜呈靖彩藝有限公司

出　　版｜木馬文化事業股份有限公司
發　　行｜遠足文化事業股份有限公司（讀書共和國出版集團）
地　　址｜231新北市新店區民權路108-3號3樓
電　　話｜(02)2218-1417
傳　　真｜(02)2218-0727
客服信箱｜service@bookrep.com.tw
客服專線｜0800-221-029
郵撥帳號｜19588272木馬文化事業股份有限公司
客服專線｜0800-221-029
法律顧問｜華洋法律事務所　蘇文生律師

初版一刷｜2024年9月

I S B N｜9786263147263
定　　價｜400元

國家圖書館出版品預行編目(CIP)資料

懲罰：卡夫卡自選集：判決、變形記、在流刑地 / 法蘭茲.卡夫卡(Franz Kafka)作；
彤雅立譯. -- 初版. -- 新北市：木馬文化事業股份有限公司出版：
遠足文化事業股份有限公司發行, 2024.09　296面；14.8 x 21 公分
譯自：Franz Kafka : Strafen: Das Urteil, Die Verwandlung,
In der Strafkolonie　ISBN 978-626-314-726-3(平裝)
882.44　　113010018

Franz Kafka
Strafen
Das Urteil
Die Verwandlung
In der Strafkolonie

卡夫卡自選集
懲罰
判決・變形記・在流刑地

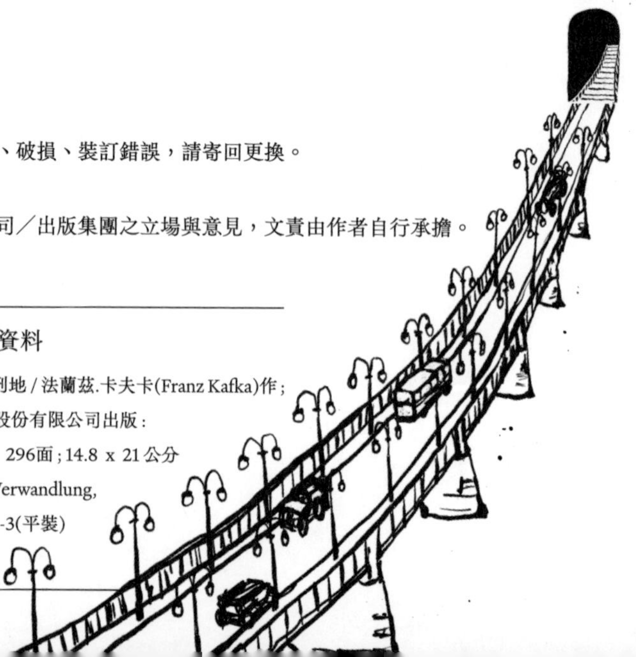